感悟在文学中成长·中国当代教育文学精选系列

高长梅 王培静◎丛书主编

那年那夜

厉剑童 著

花山文艺出版社

河北·石家庄

图书在版编目（CIP）数据

那年那夜 / 厉剑童著. -- 石家庄：花山文艺出版社，2012.8（2024.6 重印）
（读·品·悟：在文学中成长·中国当代教育文学精选系列 / 高长梅，王培静主编）
ISBN 978-7-5511-1396-0

Ⅰ．①那… Ⅱ．①厉… Ⅲ．①散文集－中国－当代 Ⅳ．①I267

中国版本图书馆CIP数据核字（2013）第186074号

丛 书 名：读·品·悟：在文学中成长·中国当代教育文学精选系列
丛书主编：高长梅　王培静
书　　名：那年那夜
　　　　　NANIAN NAYE

著　　者：厉剑童

策　　划：张采鑫
责任编辑：于怀新
特约编辑：李文生
装帧设计：北京九洲鼎图书有限公司
美术编辑：王爱芹
出版发行：花山文艺出版社（邮政编码：050061）
　　　　　（河北省石家庄市友谊北大街330号）
销售热线：0311-88643299/96/17
印　　刷：三河市中晟雅豪印务有限公司
经　　销：新华书店
开　　本：710mm×1000mm　1/16
印　　张：11.5
字　　数：170千字
版　　次：2013年9月第1版
　　　　　2024年6月第3次印刷
书　　号：ISBN 978-7-5511-1396-0
定　　价：49.80元

CONTENTS | 目 录

Chapter 1

第一辑　童年忆事

Chapter 5

第五辑　感悟人生

Chapter 6

第六辑　可爱的家乡

Chapter 7

第七辑　故乡那些事

第一辑 / **童年忆事**

藏猫儿

月亮半遮着脸,羞羞答答地从东边升上来了。月光像个调皮的孩子,招呼也不打,透过玻璃窗,淡淡地洒在床上。楼下,我11岁的女儿正和小伙伴们在水泥大院里追逐打闹。

"藏好了?找啦?""好啦,找吧!""找着喽,找着喽……""嗷,嗷,我赢了,我赢了……"女儿甜甜的嬉笑声和小伙伴们杂乱的脚步声,如煦暖的春风,不断送入我的耳膜。望着窗外圆圆的月亮,不知不觉,思绪又将我带回了那天真烂漫的童年时代,小时候跟小伙伴们在月下藏猫儿(捉迷藏)的情景像放电影似的,一幕幕浮现在眼前。

三十多年前,我才十一二岁,正是贪玩的年龄。那时候,计划生育管得差,和我般般大的男孩子仅我们三队就有十七八个。那时学校抓得也松,作业也没有现在孩子这么多,闲空自然就多。俗话说:"山羊猴子皮学生。"好玩更是我们山里孩子的一大天性。那时一到放学,我们便叫着跑着,闹哄起来,寂静的小山村因为我们霎时便有了生气。那时,我们的玩法真可谓丰富多彩。且不说白天在河滩上堆沙堆、打仗、练武、堵浪、摸鱼、溜冰、打陀螺,也不说傍黑时举耙扑蝙蝠、打嘎、摔纸孩,单说晚上月下藏猫儿就有着无穷的乐趣。

那时的晚上,特别是夏天和秋天的晚上,是我们玩藏猫儿最多也是最开心的时候。每到夏天,天刚擦黑,月亮还没有出来,吃过晚饭,有时正在吃着饭,只要听到街上三声哨子响,我便把饭碗一撂,嘴里一边嚼着东西,一边小跑到大街上,找我们的队伍。二大娘家的狗蛋是我们这一帮子的头头。等人马来得差不多了，狗蛋将嘴一撮，一声呼哨，兵分两路，藏猫儿开始。于是，小伙伴们便一窝蜂似的四散开了，各人寻找自己的藏身之处。我常藏的地方是大街尽头的黑影里、家里的磨根下、厕所里，还有大队的牛棚里、麦样垛、柴草堆里等，只要能藏住就行。

记得有一次，我藏在三爷爷家的磨根下，刚藏好，狗蛋就找来了。他找到磨的这边，我就赶紧蹑手蹑脚地转到磨的那边，两人打起了游击，转来转去，几次差点让他发现，真是好险啊，惊得我汗都冒出来了，大气都不敢出，最后愣是没叫他找着。当他得知我当时就藏在磨根下跟他转圈圈时，他懊悔得不得了，跳着脚说"上当了，上当了"。在玩中，不知不觉地，月亮早已爬上了中天，星星也倦了，眼睛迷瞪着，街上乘凉的人们也都陆续散去了，而我们却直到家里人找，这才恋恋不舍地回家。

秋末冬初，是我们玩月下藏猫儿的又一个黄金时节。天傍黑的时候，刚刚玩完举耙逗引蝙蝠的游戏，紧接着我们又玩起了藏猫儿。秋天藏猫儿比夏天多了好些藏身的去处，比如说白菜窖子、萝卜窖子，还有玉米秸垛，高粱秆儿堆等等都是我们新的"战场"。最让我难忘的有两次藏猫儿：一次是我藏在白菜窖子里，那个窖子上铺了厚厚的一层玉米秸。那晚的夜空似乎格外晴朗，我钻进窖子后，趴在地上，将玉米秸盖在身上，眼瞅着天上的星星，一动也不动。藏好不久，找我的两个小伙伴就来了，他俩往这瞅瞅往那望望，翻翻这儿翻翻那儿，最惊险的是有一个伙伴竟踩着我的身子过去了，吓得我气都不敢喘，咬着牙根憋着。还有一次，我藏在三爷爷家的厕所里，小伙伴找来了，慌乱中一不小心掉到了茅坑里，弄得满鞋满脚都是脏物。好歹坚持着回到家，赶紧找水冲洗，但臭味怎么也洗不净，母亲发现这事后，把我好一顿训。

斗转星移，童年已成为遥远的过去，我也从一个淘气的孩子成长为一名中学教师。每次携妻带子回到乡下老家，住宿在百年老屋里，耳边再也没有了我小时候大街小巷孩子们半夜鸡叫、吆吆喝喝、叽叽喳喳藏猫儿的嬉笑声，听到的只是在解板厂干活的大人们上下班时沉重而又匆匆的脚步声。此时此刻，孩子们不是在家看电视就是在家做作业，没有谁再到街上玩耍，哪怕是到街上遛遛。

整条街乃至整个村子都似乎缺少了些灵气，显得是那么的寂静和空虚。每当这时，我就情不自禁地想起我的童年，想起童年时度过的那些贫困而又快乐的时光，并向我的妻儿悠悠地讲述那些童年的故事和狗蛋那些小伙伴。

而今，我虽不再像我女儿那样月下和别人玩藏猫儿的游戏了，但在我的生命中，童年那段快乐的时光连同月下发生的那些故事，将伴随到永远。

今夜，月色朦胧。女儿和小伙伴们在楼下藏猫儿的嬉笑声一阵阵地传来，让我倍感亲切和激动。恍惚中，我又回到了童年时代，又在皎洁的月光下和狗蛋他们玩起了捉迷藏的游戏……

灯　笼

每次回到乡下老家，我总情不自禁地走进那间闲置了多年，堆放着一大堆杂物的东屋，四下里转一转，下意识地这儿看看那儿摸摸。常常看着、摸着，忍不住触景生情，平生出许多的感慨和回忆。

不久前的一日，我又一次回老家探望老母亲。当我逡巡的目光落在老屋西山墙木橛子上挂着的那个旧灯笼时，我只觉得眼前一亮，急步走上去，小心翼翼地从橛子上摘下灯笼，轻轻地吹去那层厚厚的老灰，仔细地看着，看着看着，眼前竟渐渐地模糊起来，那些关于灯笼的琐事连同早已远逝了的日子，如同过电影似的一幕幕地闪了出来。在闪现出的许多往事之中，印象最深的是小时候晚上打着灯笼拾地瓜干子、上山搂草、下河摸蟹子那些事了。

打灯笼拾地瓜干子是在生产队时候的事。那时村里干活大集体，男女劳力齐出动，有时活急了，连小学生也上阵。秋天切地瓜干子，得瞅着天切，只有眼看着起了北风了才敢开铡动刀。可那时的天就是怪，老天爷好像专门跟庄户人家作对，明明上午起了北风，或头一天起了风，社员急急忙忙开铡切地瓜干子，刚过了一两天，没等着瓜干子干，结果晚上忽然又转了风向，莫名其妙地下起雨星来。地瓜干子刚半干或刚凑沙皮，不拾放在地里只消一天一夜就会长出一层层黑乎乎的毛，白白烂掉，眼瞅着白花花的瓜干子烂在地里谁不心痛？所以那时晚上大人小孩常常正睡着睡着，忽然被大街上传来"下雨啦，男女劳力都起来去拾地瓜干子！"的生产队长急促的吆喝声惊醒了。于是父母赶紧爬起来，提上灯笼，抄起提篮就往大街上跑。只一会儿，大街小巷都响起了"咕咚咕咚"匆匆忙忙走路的声音。我那时胆小，不敢自己一个人在家，便也赶紧爬起来跟着大人跑。路上很多人提着灯笼一起向地瓜干子地涌去。到了地头就赶紧掌着灯笼拾起来，没有灯笼的手脚也不闲着就摸黑拾。放眼望去，黑漆漆的夜里，这里那里、远处近处，四下里全是一闪一闪的红灯笼。生产队长的吆喝声，大人的吼叫声，回家运地瓜干子的"咯吱咯吱"的车轮声，还有从村子里传来的小孩子的哭声，此起彼伏的狗叫声，汇成一片，就像是千人大战一样，那场面煞是壮观，也很是热闹。但往往拾着拾着，大雨就哗哗地下起来。没办法，只好妇女在头里打着灯笼，男劳力在后边推起车子、扛起麻袋往家跑。拾起的地瓜干子有些实在来不及往家运，就只好用苫子苫在地里。不用说，回到家，大人小孩都早就成了落汤鸡，那衣服上的水一拧哗哗地淌，冻得打战。有几次因往回跑得太急，我不小心绊倒了，灯笼都摔到沟里去了。不过父母从不责怪，很宽容。小小灯笼真可谓立了大功。那时的人心就是齐，只要集体需要，不讲条件，二话不说，立马冲上去，现在想想，真是不可思议。

晚上打灯笼拾草也是在三十多年以前的事了。那时封山育林，山场每年定期开放一次。平时不到开放时间，谁也不许上山搂草，否则一旦让看青的捉住，网包提篮全部没收送大队。但老百姓过日子一天也离不了柴草，尽管大多数农户不敢违反村规民约，但总有些人家偷偷摸摸去拾草，结果往往被捉住公开"曝光"亮相。那时"法定"拾草日各村大都统一，多数是在每年秋季农历的八月底九月初的十多天。每到这个时间，是村里最为热闹也是最为繁忙的日子。所以，当村里下午开放令一下，当晚大人小孩就打着灯笼、撅着网包、扛着耙、拿着绳子，像捅了马蜂窝一样涌上附近的山场。人人都想抢个草最多的地方，以便在最短的时间内拾到更多的草，那些人口多的人家户更不用说了。看吧，山上山下、密密麻麻，到处都是游动的灯笼，有时一座小小的山头竟有几十个灯笼在游，"天上有多少颗星，山上就有多少个灯"，这话一点不是夸张。广袤的田野里，整个一个灯的世界灯的海洋。

很多农户，从天黑拾到天明，一夜不闲。白天也不睡觉，包上几个煎饼卷棵大葱又上了山。晚上从山上运草不方便，人们就白天运，有拖拉机的用拖拉机，有地排车的用地排车，没有的就用网包一趟趟地往家背。只消几天工夫，偌大的山场便被村民们拾了个精光。到封山的时候，家家户户的门口、大街上早已是草垛堆成了山，颇有些《水浒传》里"林教头风雪山神庙"里的草料场的气势。我家那时人口多，每年这个时候母亲和姐姐都要拾好几垛山草，这些草自然成了我家的重要财产之一。那时识字班（方言，指姑娘）验婆婆家，很多除了先掀掀粮囤子以外，还要看看有没有几垛草可烧，要是这两样都有了，这门亲事八成也就成了。邻居张婶就因为家里没早拾下草，白白把儿子的喜事给弄黄了。回想起这些，我心里说不出到底是啥滋味。

打灯笼摸蟹子是小时候最为高兴的事。捉蝎子的最好时节是夏天和秋天。不过要说蟹子最好吃的时候还是在秋天。俗语：八月蟹黄时。这时的蟹子肉很肥，母蟹子的籽都熟了。晚上六七点钟是蟹子出来觅食的时间。每逢秋收快要完了的时候，吃了晚饭，小伙伴们便三五成群，提着灯笼，拿个小桶，一溜烟跑到村西的小河里摸蟹子。别以为摸蟹子是很简单的事，可有门道和学问了。到了河边，既不能大声说话，更不能弄出大的响声，须先侧着耳朵听一听，要是哪儿有"咕咕"声，哪儿就准有蟹子在活动。赶紧跕手跕脚地过去，将灯笼往水面上一照，那些蟹子就会傻头傻脑地朝着灯光嘟嘟地爬过来。这时要眼疾手快，将手快速插进水里，避开蟹子高举的大爪，从后背将其擒获。往往不消个把钟头，小桶就满了。秋天捉蟹尽管水有些凉，但看着桶里捉获的"猎物"，心里的高兴劲就别提了。将蟹子拿回家后，放在大水桶里，再倒上清水，让蟹子待一晚上，吐完体内的脏物，第二天就可以下油锅炸或直接用清水煮了。刚出锅的鲜蟹子鲜嫩可口，再配着嚼时咯嘣咯嘣的响声，真是一种绝美的享受。多少年了，每每回想起来，到现在还满嘴的香味。

花开花落，斗转星移，几十年一晃而过，现在看着眼前蒙尘的灯笼，回想起小时候打着灯笼做的那些数也数不清的事儿，再看看生活中越来越少见的灯笼，我心里涌起一股难以言状的情愫。恍惚间时光像走过了一个漫长的世纪，一切却又恍若就在昨天。我感叹时光的流逝，更为社会的进步而高兴。虽然老屋的那盏灯笼连同那段历史早已封存起来，但我相信这盏灯笼的光会照亮我一生的行程。

想 念 蛙 声

伏季的一天，我从城里回到乡下老家。晚饭后坐在老屋的天井里纳凉，满天的繁星比赛似的眨着眼睛，一阵清凉的风从耳边吹过，西墙的葫芦架上传来飞蛾嗡嗡的声响，老猫在墙头上跳来跳去……我简直被这眼前纯朴的田园景色陶醉了。啊，生活是如此的惬意！

正飘飘然间，猛然听到"咕呱、咕呱"一两声青蛙的叫声。哦，久违了，蛙声！这熟悉的声音，这来自大自然的最动听的音乐！我赶紧侧耳细听，发现这声音来自远处，莫非是来自村前的小河？还是发自村东的水库？抑或是村南头的沟渠……

记忆中，在离老屋几百米远的前边有一条小河，河里终年流水不断，河的上头是一座高高的水库。每到盛夏三伏时节，水库、小河里便响起了青蛙赶大集似的叫声。那声音极脆极响，只是嘈杂些。特别是晚上和阴天，叫声更是此起彼伏，如同比赛一般，颇有些惊天动地震耳欲聋的架势。

夏日的晚上，吃了晚饭，我便约上几个小伙伴，拖着破蓑衣，跑到水库上听蛙声。有的青蛙叫声短促清脆，有的粗壮洪亮；有时说响一起响，你追我赶，扯着嗓子比赛似的；有时叫着叫着突然戛然而止，像被什么卡住了脖子。最有趣的是在它叫得欢的时候，你若往水里扔一个小石头，除了听到几声"扑通扑通"青蛙跳水的声响，保准会顿时鸦雀无声，别的什么动静都没有了。不过不消一刻钟，青蛙又会"咕呱、咕呱"地欢唱起来。每当这时，我们便为我们的恶作剧乐得大笑起来，大部分青蛙听到我们的笑声又赶紧闭上了嘴巴，也有几只胆大的，兀自叫起来。于是，我们的笑声、青蛙的叫声响成一片，田野里顿时热闹起来。

许多时候，夏日或初秋的晚上，茶余饭后男女老少都来到生产队的场里纳凉。这时候，往往是我们的耳朵眼睛是最忙的时候。我们一边望着天上的星星和月亮，一只耳朵听着老人讲"牛郎织女"的故事，一只耳朵听从远处的水库、池塘里传来的蛙声，此时此刻，此情此景，曾启迪了我多少美好的向往。小学和初中的8年间，不知有多少个夜晚我都是在这种"稻花香里说丰年，听取蛙声一片"的生活中度过的。

念了高中后，学校离家远了，课业也重了，便再也没有机会静下来听一听蛙声，数一数星星了。再后来，大学毕业后，我参加了工作，在城里安了家，远离了山村、远离了水库、远离了小河，不见了青蛙，耳朵里除了车辆的轰隆和机器的轰响声外，也就绝少听蛙声。以后即便回老家也是来去匆匆，很少住宿在家里，故乡的蛙声也就没机会听了。

有几次，我问进城看我的二哥，夏天晚上还能听到蛙声不？二哥轻轻地摇了摇头说，和过去没法比，那时一到晚上吵得人睡不着觉，这些年农药用多了，天旱得厉害，水库、小河都干了，还有城里吃青蛙的人多了，青蛙也就一天比一天少了，晚上更是很少听到青蛙叫。听了二哥的话，我心里一片黯然，常常几夜睡不着。耳畔始终回响着"咕呱、咕呱"的一声声蛙鸣。那声音是如此遥远熟悉又如此近在眼前陌生。

又是30多年过去了，今夜住宿在百年老屋，又听到了一两声蛙声，虽然不多，但足以让我想起童年，想起小时候那些美好的日子。

记不清是哪位名人曾说过这样一句话：人，拥有时不懂得珍惜，失去了才知道珍贵。我庆幸，今夜我还能听到村子里的蛙声，但我不知道，明天我们的儿孙们能否也能和我一样听到蛙声？

我，想念蛙声！

故乡的山集

晚饭后上网，不经意间看到网上一则留言：人说这几天是山集，但我不晓得为啥叫这5天为"山"？读着这则留言，忽然勾起了我对老家街头山集的记忆。

我的老家在山区五莲街头镇一个偏僻的小山村。30年前，全镇只有街头、镇头、王世疃等五六个集市，现在却有大小集市12个。街头集逢五、十是集，到现在一直是街头方圆50里内最大的集市。每年农历十一月的二十五日~二十八日，历时4天，是传统的一年一度的街头山集。在我们那儿，也有不少人习惯上管赶山集叫赶山，这个习惯一直沿袭到现在。为何叫"山集"？小时候听父母讲，"山集"说穿了就是每年一次的物资交流大会，那些货是山里人最急需的。现在想来，"山"也就有面向农村、农民的味道。各地山集的时间大都在农历十一月份，之所以选在农历这个月份，原因有三：其一，那时每到农历十一月中下旬，庄户地里该收的早已入了囤，该种的也早早下地了，所有的农活都忙完了，正是老婆孩子热炕头，一家人享受冬闲的时节，这时候农村闲人最多、农民也最有心情赶集；其二，庄户人喜欢过年东西早买，过了山集，再过不到一个月就是春节了，也就是说到了该置办年货的时候了。山集到了，这年也就快来了，早买东西早"过年"是我老家的一个老风俗。其三，这时候农民手里多少有几个钱，做生意的趁着山集造造声势，也好及早把东西销出去，东西相对便宜些。

在那个物资匮乏短缺的经济时代，大小商品几乎都要靠供销社统一供应，就是穿的布也要靠发布票定量供给，好多东西平时农村集市上很少见到，庄户人要买到称心如意的东西不是一件容易的事。在我的印象里，街头山集是一年72个街头集中赶集的人数最多、场面最热闹、规模最大，货物数量最多、稀缺物品花样最齐全的一个大集。山集的作用对农村人来说便显得格外重要。记得小的时候，每到11月25日这一天，母亲再忙再有事也总要去赶山集，去置办过年所需的东西，而我也总要缠着母亲带我去。每次母亲开始总是哄我说：集上人多，有抢小孩的，别去。可往往禁不住我的死缠硬磨，最后只得答应让我跟着，但有一点必须牵着她的手，一步不能离。

那时街头集还在街头河西边，来赶山集的人真是多：有抽着土卷烟、背着尼龙袋子的青壮年劳力，有肩上搭着长烟袋杆、腰里别条灰毛巾的老头，有包着花头巾、挎着大竹篮子的大嫂，就连七老八十的老嬷嬷也瘪着嘴，拄着棍子到集上凑热闹，小孩子更是不肯放过，拽着母亲手的，大的背着小的，黑压压一片，只有这个时候你会真正明白什么叫"人山人海"。

做买卖更是抓住山集——这一年中难得的商机，推着、挑着、扛着、驴车拉着，只要能用得上的工具都用上，各种各样的货物潮水般从四面八方涌来了。这些生意摊位当中，当数供销社售货摊点最大。县社及各乡镇供销社纷纷占据集市最有利的场地，扎起展销大棚，棚顶鲜红宽大的大红幅上写着"某某乡供销社物资展销处"几个大字，煞是气派。听父母亲讲，他们除了本地临近供销社来的，还有从日照城关来的，有从莒县来的，也有从更远的临沂城来的。整个集市被切割成几十大块，形成菜市、肉市、鱼市、猪市、驴市、生产工具市、玩具市、杂货市等几十个小市场。集市上叫卖声、吆喝声、找人声、驴叫声，响成一片，要多热闹有多热闹。谁要想在山集上找个人，那简直是大海捞针。

赶山集，我那时最喜欢去的地方有四处：一处是卖糖葫芦的地方。小时候我特别爱吃糖葫芦，加上禁不住卖糖葫芦的怂恿，每次赶年集总要缠着母亲买上一串，一边吃一边逛集，那份惬意和满足劲简直难以形容；一处是驴市，听老驴叫，看老驴打滚；另一处也是我最喜欢的地方是说书场。那时常有外地盲人拽着个小女孩来集上说书，说书的地点就在书店右侧的小土岭上，什么《三国演义》、什么《杨家将》《呼家将》，各种故事，我最早都是在那里听的，这也是我最早接触到的中国古典文学。有一次，说书人讲了一段，停下来收钱，我一看赶紧挤出人群要溜，不承想母亲一把拽住我说，人家说书的也不容易，该给的钱咱就得给。母亲塞给我两角钱让我给了那个说书的瞎子。这事给了我很深的印象，我知道母亲是想让我懂得做人应该诚实守信。还有另外一个好去处是看耍狮包的。那时耍狮包的场所在集市的东北角，演杂耍的除了菏泽的，大都是从江苏来的，一耍往往就是两三天。那咚咚锵咚咚锵的锣鼓声，连同张着大嘴上下翻腾跳跃的雄狮一直深深地刻在我的记忆里。赶山集不仅饱了眼福，解了嘴馋，并且带给了我无穷的快乐和满足。

　　流年似水，转眼间童年飞逝而过。掐指算来，我跟着母亲赶了四五次街头山集，可惜后来因为上了小学中学的缘故，此后便很少有机会赶山集了。成家后，因为小家远离老家，加之家务缠身，街头山集便再没有赶过。时间一长，赶街头山集买糖葫芦、看驴打滚、听说书、牵着母亲的手在集市上乱窜的情景竟成了我的一种最美好的记忆。前些日子，二哥来城里看我，闲聊中说起赶山集的事，二哥说，现如今做买卖的到处都是，农村也没什么紧缺东西，县乡供销社也不再统一搞物资交流，山集上大摊子不多了，但做买卖的一年比一年多，赶集的也一年多过一年，山集的场面还是非常热闹的，末了二哥一再动员我今年抽空回去赶个山集，再亲眼看看……

　　年年岁岁花相似，岁岁年年集不同。现在，农村早已告别了紧缺经济时期，市场经济更是遍及各个角落，虽说人们对山集的重视程度降低了，赶山集的热情似乎减了，集市场面也没20年前那么有气势，但从我二哥的讲述中看得出，如今街头镇的随便一个集可以说都比20年前的山集更热闹、物品更丰富、买卖更兴隆、成交额也更大。我想这正显示了农村集贸市场日益完善健全，是农村经济越来越繁荣、农民的物质文化生活越来越丰富的结果。其实，不单是老家街头山集如此，全国各地山集都会是如此吧？这是自然而然的事情。我为家乡的山集越赶越火高兴，更为家乡经济日益繁荣欣喜。

行文至此，我想那位网上的朋友也应该知道"山集"是什么？想必他或她早已跃跃欲试，也想来赶一赶街头山集吧？写到这里，我忽然感觉到一股浓浓的"年"的味道，啊，原来街头山集已经开始了，新年早已悄悄地走到跟前了……

又见刺槐花

那天，路过县城河西大桥，突然闻到一股浓烈的刺槐花香味儿。在这车水马龙高楼林立的城区，哪来如此的槐花味儿？我很纳闷，禁不住四下逡巡，猛然看见大桥西南角的一座小小的风景山上，白茫茫的一片，啊，原来是满山的刺槐花！

久违了，刺槐花！你是这么熟悉又是这么陌生，看到你怎么不令人激动？！大包干前，在我的家乡，山坡、沟头、地堰、房前屋后，几乎到处都有你的身影，长的最多的要数村东那个刺槐沟。夏日，走在那片浓荫匝地、遮天蔽日的刺槐林里，就像行进在深邃不可测的山洞里，那么清爽，那么壮观，给人一种震撼人心的气势和透彻肺腑的凉意。

暮春时节，正是刺槐林花香四溢的时候，那一嘟噜一嘟噜满树的白花清香扑鼻，沁人肺腑，远远就能闻得到，花香引得蜜蜂们飞来飞去。顽童们爬到树上，躺在树杈上摘槐花吃，那个惬意劲儿真是给个神仙也不做。摘一朵槐花闻闻，很香很清甜，因为里面有花蜜。不过摘槐花的时候，你可要小心蜜蜂，那些小东西很不好惹，不知道的就会被它蜇一下。记得有一次，小伙伴春蛋刚爬上树没等伸手就被一群蜜蜂结结实实地蜇了一顿，从三米高的树上摔下来，腿都差点摔折了，他父亲知道了狠狠地揍了他一顿，可他照旧不改，第二天又领着我们爬树撸花。

大人们懒得上树，就用长竹竿或长铁丝做成钩子，站在树下钩槐花，将下来做菜，拌一些玉米面，上笼蒸过，熟了以后拿出来晾一下，拌上蒜汁，就是一顿美味。在粮食紧缺的年代里，春天的刺槐花可算顶了几个月的粮。不过刺槐花甜性太大，不能吃得太多，吃多了容易胃酸。那时村里有些老人习惯将夏天采好的槐花上锅蒸一下，然后晾干，用袋子装了挂在墙上，到了冬天当馅包包子包饺子，在冬季缺菜的日子里，干槐花也自然成了一种蔬菜。

那时候，每当下午放了学，太阳还没有下山，我们一群稍大一些的孩子便一溜小跑地回家拿个筐头提篮子，三五成群地涌到刺槐林里，一边挖苦菜，一边撸槐花。筐子满了盛不下了，我们便扎成捆扛回家，那洁白的刺槐花自然成了兔子最美的晚餐。这个时候我便蹲在兔子笼旁，一边看着兔子吃野菜，一边拿槐花逗兔子玩，看兔子吃得那么欢快我心里有一种说不出的开心。别小看了这几只兔子，它们可是我家的小银行，我和哥哥上学的费用全指望它们。

那些年，每当刺槐花初开的时节，南方一些放蜂者便陆续来到刺槐林放蜂，那一箱一箱嗡嗡嘤嘤的蜜蜂曾吸引了我们小孩子多少好奇的目光。听大人讲，来这里放蜂的大都是安徽人，他们一年到头四处流浪，哪里有花哪里就是他们的家。那时山里人家家日子紧巴巴的，没有哪家舍得花上块儿八毛的钱买斤蜜。不过那些放蜂的倒也大方，每当看到有小孩子们围着蜂箱转悠，眼馋得慌的时候，他们便会很爽快地从桶里舀上一小勺给我们挨个尝个鲜。我就曾几次得到过这样的恩惠，喝着香甜的槐花蜜，真是甜在嘴里乐在心里。在我们小孩子的眼里，那些放蜂的就是最大的好人。每当槐花过期他们走了，我们就天天瞅着刺槐树盼着他们早一点再来，好再吃一口那香甜的槐花蜜。

这样的日子伴我度过了整个童年生活。后来我离村上初中、高中，大学毕业参加工作后我在城里安了家，有了孩子，繁重的工作使我极少回家，即便偶尔回家也是来也匆匆去也匆匆。此后就远离了刺槐沟，再也没采过一朵槐花，更没有吃过刺槐花做的任何小吃了。特别是大包干后，土地、山场都包产到户，许多人家嫌刺槐种地碍事，就把那些沟头、地堰、山坡上的槐树都砍伐掉了，刺槐沟也在十多年前被整平成了梯田，大片大片的刺槐树从此悄悄地退出了人们的视线，永远地消失了。以至现在，老家的田野里、房前屋后几乎找不到一棵刺槐树,更不用说大片的刺槐林了。如此,时间一长,对刺槐树、刺槐花我竟有些生疏了。

今日,又见刺槐花,不过不是在我所熟悉的农村老家,却是在城区的一座小小的风景山上,此时此刻,怎不令我感慨万千!

又见刺槐花!又见到了我那远逝了的童年!

灰 菜 琐 记

灰菜,也叫灰灰菜,学名"藜",是我老家那个地方春夏时节到处可见的一种野菜。它因茎、叶子和果实都是紫灰色而得名。说起来,我对这种野菜有着一种发自心底的难以言状难以割舍的情愫和别人所难以理解的一种情缘。每每看到它,时光好像顿时发生了倒流,像是又回到了那早已远逝了的童年时代,回到那艰难困苦同时对我的成长造成一生影响的岁月。

我与这种野菜结缘已有三十多年了。我第一次认识它是在五六岁的时候,那年夏天我和姐姐去坡里剜猪食,那天天很热,姐姐把我领到一片麦地里,麦头子已经很大,有的麦秆也已发黄,到了要收获的光景了。姐姐指着麦棵下一棵棵紫色的约有一尺高的一种野菜对我说,这种菜叫灰菜,猪呀羊呀可喜欢吃了,接着姐姐又教我薅灰菜的方法,用一只手捏住灰菜的下半截,再用力往上一拽,就拔出来了,这样薅可以避免把菜弄揉烂了,猪最喜欢吃。我清楚地记着,那天我们薅了足足一大架筐,姐姐挎着筐,我在一旁帮着抬着回来的。那次也是我头一回帮家里干活,虽然满手都是灰菜的绿色汁液,回家费了好大劲才洗去,但心里却感到万分的快乐和自豪,那感觉就像做了一件天大的事情似的。从那以后我不仅认识了灰菜,并且开始了薅灰菜的经历。

　　说句掏心窝子的话，我对灰菜是很钦佩的。你看，不论是土层肥沃的麦地，还是山顶老薄地，不论是沟头地堰，还是烂石头缝里，到处都能见到它的身影，都能听到它张着手臂与风儿对话的声音，它不用浇水不用施肥，不用修剪不用打枝，它也不管开花时别人看不看，就那么默默地心甘情愿地被孩子们薅去，去填充猪羊的胃。它的生命力之强，它的那种毫不张扬的奉献不能不令人感叹。

　　别以为薅灰菜是一件很简单的事，其实很辛苦的。因为尽管灰菜在地堰子土岭上沟沟岔岔什么埝子都能生都能长，但只有麦子地里的灰菜长得最多最胖最旺，谁要想薅到又多又好的灰菜，办法只有一个，钻到麦地里薅。五黄六月，正是麦收时节，大人忙着在坡里干活，薅猪食的任务自然落到小孩子的身上，挎上个高出半个头的大架筐，三五个人一起呼三嗷四地一头钻进麦地。天又热又闷，麦地里密不透风，活像个大蒸笼。不一会儿便会个个满头大汗，头发脸上像洗了似的。薅上个三两个钟头，塞上满满一架筐，用一只手挎着，另一只手拥着，等到趔趔趄趄地"挪"回家，身子也就快要散架了，真累得人够呛。那脸上早不知什么时候抹成了"大花脸"，真像唱京剧的。再看手臂手背全被麦叶划得横一道竖一道的血杠子。掌心就像在染缸里染过一样，全是紫色的汁液，叫你三两天也洗不掉，够烦人的吧。辛苦归辛苦，可孩子们都愿意干。因为等卖了猪羊什么的，大人再不舍得也都会慷慨一次，给孩子们买块糖吃。能吃上块糖特别是包着花纸的糖块，那时在乡下孩子们的眼里简直是一种莫大的享受。

　　薅灰菜是山里孩子放学后干得最多的一种活，别小看了这点子活儿，它对庄户人来说用处大得很。那年月，生产队分的粮食家家户户不够吃的。端午节前正是口粮青黄不接的时候，粮食不多了，没办法，"粮不够灰菜凑"，灰菜在喂肥猪羊的同时也被端上了庄户人家的饭桌子，记得那时母亲用灰菜做得最多的是灰菜豆沫子。其做法是将灰菜去掉根，细细切碎，再放在温水里淘淘，淘去沙子，然后攒成一个个菜团子放在箅子上蒸。趁这空儿，母亲抓把黄豆用"对"抃成面面，等锅里冒大热气时，将豆面子连同擀碎的细盐一起放在灰菜上来回划拉几下，搅拌搅拌，盖上锅盖再闷一会儿就成了。刚出锅的灰菜豆沫子闻起来特香，吃起来黏糊糊的，若用大煎饼一卷，再就上棵大葱，张开大嘴，用力一咬，满口鼓鼓囊囊的软乎乎的，满嘴生津，真是惬意极了，要多受用有多受用。不过不能天天吃，常吃吃多了会肿脸肿腿肿胳膊，所以只能隔些日子吃上顿，来节省点儿粮食，以便能将缸里的那点粮食挨到秋。

　　当然啦，薅灰菜苦中也有乐的时候。那时候，"烤青麦"是小伙伴们做得最有趣最有意思的事了。"小满"过后正是小麦灌浆的时节，薅满灰菜，到麦地里顺手采几穗青中泛黄籽粒饱满的麦头子，找个靠前怀的地堰子，用三五块石头一支，中间挖个小孔，放上几根柴火几把干茅草，点上火，将麦头引上点烤。说是"烤"，其实说用火烧更恰当些。等烟退了火着上来时，只眨眼工夫，缕缕醉人的香味便会从火里跑出，很快随风弥漫在了整个天空，那股浓郁的烤麦香简直让人垂涎，直吊得人心里痒痒的，麦头子烤好了趁热用手来回搓搓，用力吹几次，那透着红胖嘟嘟的麦粒像听话的胖娃娃一样便安安静静地躺在你的手心，不等吃，光看着就眼馋。当你仰天斜靠在地堰子上软软的茅草上，眼瞅着蓝蓝的天雪白的云，耳听着叽叽喳喳的鸟叫声，轻轻地丢几粒烤麦子入口，慢慢地来回嚼嚼，筋道道香喷喷，越嚼越有味，越嚼越过瘾，让人觉得比山珍海味还山珍海味。吃完了，满手满脸早成了"大灰猫"，煞是有趣。不过烤青麦是不能常吃的，也不能守着大人烤，须实在忍不住了瞅瞅周围没大人在的时候才敢偷偷烤一回。不然若烤青麦引起了火烧了麦子可不是闹着玩的。记得我的一个小伙伴就有一次烤青麦引起了大火烧了2亩多麦子，被他爷老子打了个半死，要知道那可是好几十口人一年的口粮。挨打归挨打，后来他还是没改，照样偷烤青麦，照样骑在大平柳树杈上惬意地吃烤得发黄喷喷香的麦粒儿。那时我还自编了个唱词"烤青麦有灰，一边打扑一边吹。"就这几句顺口溜后来传遍了满村子，有几个早年念过书的老者听了夸我有诗才，将来是个读书的料，让爹和娘高兴了好几天。

　　那时候，我家9口人，老的老小的小，全靠父亲和大哥二哥三个人挣工分。劳力少工分少，分的粮食自然就少。为了贴补家用，家里每年养两头猪几只羊几窝兔子。母亲白天忙着上队里干活，晚上家里人吃晚饭时候，她则一个人忙着切我和姐姐白天薅的灰菜。有时一切就是三两个钟头，夜夜如此，时间一长，母亲的大拇指和二拇指上被刀背顶得留下了两个大大的茧疙瘩，几十年过去了到现在还在，都快成"文物"了。母亲常常摸着它一个人叹息，像是回味那似乎隔了一个世纪的岁月。

人生苦短，岁月如流。不知不觉三十几年过去了。当年薅灰菜的野小子而今已人到中年，我也有些年岁不薅灰菜了，这些年麦地里的灰菜比早年少多了，薅灰菜的人也少了。每当我在回老家路上看到路边的麦地里那一棵棵紫色的灰菜，心里就不由得想起小时候薅灰菜的那些大大小小的或喜或悲的事儿，就会想起孩提时的那些伙伴们，心里充满了对往事的无尽怀念。照实说，我们这一代人是应该记住灰菜的，最起码我是不能忘记的。是它使我养成了勤劳节俭的习惯，培养了我吃苦耐劳的毅力；是它养肥了那一头头猪一只只羊，使我有了上学的钱，并最终成长为全村第一个大学生；是它使我最早知道了劳动的艰辛，学到了许多关于灰菜的知识；是它给我童年少年的生活带来了无尽的快乐，是它是它还是它……够了，这难道还不足以使一个人牢记一生的吗？！

眼下"小满"已过，端午节将至，又逢麦熟时节，又到了灰菜疯长的日子，只不知我儿时的那些玩伴们会不会和我一样又想起了那胖胖的紫色的灰菜，想起那远逝了的童年岁月少年时光？

柳 哨 声 声

清明节前夕，我回到乡下老家祭奠父亲。途经一个打谷场，突然听到一阵悠扬悦耳的声响。循声望去，只见打谷场的一角，有两个十一二岁的顽童，正鼓着腮帮子使劲地吹着柳哨，看样子他们像是正在进行紧张有趣的吹哨比赛。你看那个个头不高的小胖子，一手捏着柳哨，腮帮子鼓得老高，拼命地吹，一手用力向前挥着，似乎在说："我是第一！我赢了！"站在他身旁的那个瘦高个，似乎很不服气，举起那根细长的柳哨，争着要吹吹试试。听着耳畔此起彼伏，既熟悉又有些陌生的声响，望着孩子们那既得意又兴奋的神情，我情不自禁地停住脚步看了起来。看着看着，这时候，我的心里仿佛被一束温暖的阳光照耀着，那么温馨，那么甜蜜。蓦地，时间好像顿时发生了倒流，那声声动听的柳哨竟悠悠地将我引到魂牵梦绕的童年时代。

我的老家在一个偏僻的小山村里。村后有一条经年潺潺流淌的小河，小河两旁是两排高大的柳树和老杨树。每到春暖花开柳树冒芽时节，河边小草泛绿，紫色的野花开满河畔，小蜜蜂在花丛、草丛里嗡嗡地飞来飞去。村姑、小媳妇们一边在河边洗衣服，一边泼着水嬉戏着，笑声漾满了小河，煞是热闹。啊，好一派美丽的田园风光。

这时候的小河早已成了我们孩童的天下。柳树发芽时，我和小伙伴们不约而同地来到小河边，争着折下粗细不同刚鼓芽的柳枝，悠着劲儿轻轻地用手一撸，抽出洁白的柳条骨子，将空筒截成长短不一的块块儿，做成声音高低各异的柳哨。小伙伴们比着赛，互相比试着，谁也不服谁的，各自拼命地叽里呱啦地吹着不成曲调的曲子。在家受的委屈、挨的打，连同一冬家长的责骂等不愉快的事早已随着柳哨声飞到九霄云外去了。

记得那时，小伙伴中最调皮的要数"破裤裆"（他常拿棍子当马骑，故而裤裆常常被骑破，小伙伴们就给他起了个外号叫破裤裆）了，他常常头上戴一顶柳条编的草帽，用绳子将腰扎紧，嘴里含着一根半米长的柳哨，一手拤腰，一手托着柳哨，呜呜地吹，那样子还颇有几分像电影《上甘岭》里的吹号手吹冲锋号时的架势。

随着柳枝的萌动，这个时候庄户地里也开始动弹开来，姑娘小伙子们忙着上坡刨地、下河清理河道、挨家挨户的院子里积肥……憋了一冬的小山村一下子活了。在小河清河道的大人们这时来了兴致，也趁休息的空儿折一根柳枝，做成又长又粗的柳哨吹起来，隔河和我们小孩子们比着赛。更有调皮的小青年悄悄溜到大姑娘的背后，举起柳哨，朝着姑娘的耳根子猛地一吹，吹完就跑得远远的。大姑娘吓得一愣怔一愣怔，腼腆点的则白白吃了这个亏，只有捂嘴骂的份儿了，更有那泼辣点的赶紧起身就追。我们小孩子这时更是来了劲，趁火打劫，起哄喊追，于是乎追逐声、笑声、打情骂俏声，连同我们小孩子的叫好声助威声，响成一片，久久地回荡在小河的上空，回荡在寂静的小山村。河里河外、村里村外，都出漾满了快乐的气氛。

记得朱自清在《匆匆》一文中这样写道：当洗手的时候，日子从盆边溜走了；当吃饭的时候，日子从碗边溜走了。似乎一眨眼的工夫，30年一晃而过。如今，我的老家再也不是先前那种破旧闭塞落后的模样，早已成了一个拥有多个村办企业、私营企业的富裕的现代化新农村。一座座厂房拔地而起，一条条柏油路穿回村庄，闭路电视、电话已进入寻常人家。但只可惜的是，往日清清的小河早已成了浊流，青青碧草不见了，片片野花消失了。村子里多了些繁华，少了些温馨；多了些喧嚣，少了些清静；多了些浮躁，少了些纯真。

沧桑巨变，物是人非。当年那些山羊猴子皮孩子早已长大成人，我也从一个爬墙上屋的顽童，成长为一名"人类灵魂的工程师"，并且在城里安了家，可爱的女儿都已经念大一了。工作的繁忙和家庭的重负，使我渐渐地离老家远了。

日久天长，老家的人和事更是都有些生疏了、陌生了。偶尔回家，大街小巷也很少见到孩子们欢快的身影，很难听到大人小孩当年那样欢乐的笑声，甚至连当年那些司空见惯的柳哨声也几乎听不到了，心中常常被一种失落和彷徨之感所笼罩。曾有多少个久久难眠的夜晚，童年时的那声声柳哨时常回响在我的耳畔，交替着闪现在我的沉沉的梦里。

我知道，随着农村城市化步伐的加快，再过多少年以后，也许10年、20年、30年之后，故乡村后的那条曾经跳跃着的活泼的小河，连同那阵阵高低起伏的柳哨声，将会像古玩一样永远地保留在我的记忆里。虽然故乡的柳哨连同其他一些东西，终究会被孩子们所遗忘，甚至最终消失得无影无踪，但却不会从我的记忆中抹去，它会永远回响在我的耳际，萦绕在我孤寂的心里，飞翔在我思想的天空中……

又是清明，又闻柳哨声。但愿这声声柳哨，这天籁，能与我们的子子孙孙相伴到永永远远、世世代代。

落 西 瓜

又一个炎热的夏日到了，听着大街上不时传来一阵接一阵"卖西瓜来，又大又甜的大西瓜，不熟不起沙包退包换"的叫卖声，我突然想起小时候落西瓜的事，30年前的那个火辣辣的中午刹那间仿佛又回到了眼前……

30多年前，正是人民公社火旺的时候。那时大队按工种分成6大块，包括4个生产队、一个林业队、一个干果队。生产队主抓粮食生产，干果队主抓板栗之类的干果生产。林业队主抓林果生产，偶尔也搞一点瓜菜之类的副业。

那个时候庄户人家的日子都不好过，什么都那么稀罕那么缺。家家户户靠挣工分吃饭。我家那时人口众多，但劳力少，能吃不能干，生活异常困难。大人小孩能凑合着吃上饭就很不错了，夏天要想吃个西瓜什么的对我家来说简直是一种奢望。

记得每到盛夏时节，瓜果下来了，林业队就派两个劳力推着堆得老高老高的西瓜车子，走村串户吆喝："拿来地瓜干子换西瓜来。"每当听到卖瓜的来了，我和弟弟就一溜烟跑出去，围着人家的瓜车子转悠，从村北转到村南，再从村西转到村东，有几次竟围着人家的车子转悠一整天。弟弟穿着补丁摞补丁的汗衫，咬着指头，一眨不眨地瞅着瓜篓子的神情多少年了一直深刻在我的记忆里。可看归看，真要回家拿活命的地瓜干子换西瓜吃大人是高低不会答应的。因此绝大多数时候，只有过过眼瘾的份。有时看见小伙伴抱着用地瓜干子换的大西瓜朝我们走来时，我们小哥俩眼馋得不得了，赶紧低下头让人家过去或躲起来，就怕让人家看见了我们的馋样喊："馋老果子八条腿，盖着面单漏着腿，咕咚咕咚喝凉水。"不过，我们偶尔也有运气好的时候，要是卖瓜的不小心摔碎了一个，碎瓜散了一地，拾又拾不起来，这时他们倒也大方，手一挥说："不嫌脏，拿去吃了吧。"于是，我和弟弟便赶紧蹲下，收拾起来，一边拾一边吃。记忆中之前似乎没想着吃过一个囫囵大西瓜。因此，能美美吃上一个完整的大西瓜便成了我和弟弟的一大心愿。

也许天见可怜，机会终于来了。那年7月的一天上午，父亲干活回来说："小四儿，林业上西瓜今日下市了，有落西瓜的，恁也去落个杻子吃吧。"我一听，可高兴了，抓起一个大提篮，拉着弟弟，也不管天热不热，草鞋也没顾上穿，两人飞也似的朝瓜地跑去。

西瓜地在村西南山脚下，四五块地，十几亩大。当我们跑到的时候，已经有好十几个小伙伴和几个妇女在地里头翻腾。四下一望，那瓜秧子蔫巴啦叽，早已揉烂得不成样子了。我们赶紧蹲下，翻秧子，就像是鬼子探雷，仔细地搜索着。天又热又闷，地里像下了火。不一会儿满脸都是土都是汗，人早就一个个成了小灰鬼，手却一刹也不舍得停下。每当翻到一个稍大一点的西瓜，心里那个高兴劲简直像捡了个宝贝，兴奋得不得了，可也不敢大声说，生怕别人也到我们占的地方落。整整一晌午头，满瓜地都找了不知几遍，确信不再有什么收获，我和弟弟才恋恋不舍地抬着篮子回家。

到了家，将篮子一倒，咕噜噜，七大八小的西瓜都你追我赶地滚出来了。这时我才看清楚，原来西瓜大的不过一捧大，小的只有拳头大，还有不少鸡蛋大的。一家人有翻看的，有拿刀割的，大哥性急，干脆用手掰开。不承想，割开一个是白瓤，割开一个是白瓤，一篮子瓜割完了，也没找出一个是红瓤的，哪怕是半红瓤的，显然这都是些人家不喜要的"西瓜孩"。不熟没关系，小也不打紧，不药人就行，我们一家人一人一个，拿过来就啃。尽管那瓜没什么甜味，瓜瓤子也硬邦邦的，可我们照样吃得有滋有味。待一篮子瓜吃完了，我的肚子早已撑得像鼓了，坐都坐不下，长长地打一个饱嗝，顿时觉得是莫大的享受了。什么热啦，累啦，早已抛到九霄云外了。说出来不好意思，由于瓜不熟，加之吃得太多，到了晚上我的肚子闹开了意见，整整跑了十几趟厕所，人都累得快要虚脱了……

眨眼间，一晃30年过去了。沧海桑田，庄户人家的日子早已发生了天翻地覆的变化。如今，随着反季节栽培技术的广泛使用，隆冬时节都可以吃到西瓜，夏天的西瓜早已不是什么稀罕东西了。买西瓜的也比以前挑剔多了，西瓜不熟不甜的不买，不起沙口感不好的不买。更不会有谁肯顶着火辣辣的日头去落那些又涩又硬的"西瓜孩"了。每当吃着甘甜爽口的西瓜，抑或听到大街上卖瓜的喊声，我总不由得想起30年前那次落西瓜的情景，想起那段已逝的岁月。今昔对照，现在这人过的日子简直是天天都在过年啊。人们啊，赶上了这么个好年代，得一定要好好珍惜才对。你说是吧？

泥玩具的回忆

女儿8岁生日那天，我跑了山城8家商店，花了30元钱，给她买了一个能放音乐的布娃娃，我满以为她会高兴得不得了，因为她曾几次要我给她买个"带响的布娃娃"，可当我兴高采烈地送给她时，没想到她一看就没看中，咕嘟着嘴，一会儿嘟哝说娃娃太小，颜色也不好看，一会儿又埋怨说，我小气不舍得花钱，买了个便宜货，音乐也不好听，最后竟把娃娃扔在地上。望着仰面四脚朝前天躺在地上但仍不知趣地唱着：祝你生日快乐，祝你……的布娃娃，我心里顿时凉了半截，心头一酸，眼睛止不住模糊起来。但我努力地克制自己，没有生气，更没有责怪女儿，我慢慢地蹲下身子，两手搭在女儿的肩头，用平和的语气，悠悠地讲起了我的童年生活，以及童年时那各式各样亲手制作的泥玩具，和女儿一起回到了30年前……

30多年前的那个时候，我才5岁，正是人民公社时期，生产队集体出工干活，队里按工分分粮分菜。这种"大锅饭""大一统"的生产方式，导致的结果之一是贫穷。那年月，要是哪家子能顿顿吃饱饭不借着吃就很不错了，吃好更是一种奢望。那时我家人口多，老的老小的小，工分挣得少，分的粮食年年不够吃的，每年年底还要到生产队里借着吃。可想而知，那样的生活条件，不只我家就是绝大多数庄户人家除了过年时候，大人拗不过小孩，才花几角钱给小子买几个炮(爆竹)或买个泥玩具，给丫头插几枝花或买个发卡，平时是绝对没有也不舍得花这个闲钱给孩子买玩具的。

　　山里人有句俗语叫"山羊猴子皮学生"，皮、好玩是山里孩子的一大天性。那时买不起玩具，我们就自己动手做，就地取材，变着法子造泥玩具，玩泥游戏。记得那时小伙伴们做得最多也最有趣的玩具要数"皇帝娘娘""娃娃响子""土炮""堵浪"这几种。"皇帝娘娘"，其做法就是用黄泥巴搓成个底部拳头大的圆锥体，顶部插上个棘子，再用泥搓成个小拇指大的泥蛋子，插在一根席篾子上，两头挑着，然后将"挑子"放在棘子上，这样就算做成了，从侧面乍一看，很像古时候县太爷的小官帽，真的很有趣。玩的时候，只要等挑子平衡了，再用手指轻轻一拨拉，"挑子"就"嘟嘟"地转起来，开始也许会乱晃悠，待转一会儿，等平衡了也就稳当了。挑子忽高忽低，活像个踩高跷的，又像个弱不禁风的娘娘，煞是有趣。据说这种玩具和玩法是西汉时一位娘娘发明的，后来传到民间，起初人们不知道这种玩具叫什么名字，因为这位娘娘为百姓做了很多好事，待她死后，人们为了纪念她，就给这种玩具起了个名字叫"皇帝娘娘"。"娃娃响子"，这种玩具的做法比较简单，就是将和好的又黏又稠的一块泥巴，沿中间向四周抠，将底子和梆捏匀捏薄，用水或唾沫抹光滑，外形初看像一个和尚用的小金钵子，既小巧又美观。玩的时候，将底子上吐上唾沫，翻过个来，用一只手高高举起来，朝硬地猛地用力摔下去，接着就会听到"砰"的一声，不知道的还以为在放爆竹。孩子们权当是在放鞭。图的是听个响，也算是过把耳瘾了。"土炮"也是我和小伙伴常做的一种玩具，说是"土炮"，其实是土枪，其做法很简单，想捏成什么样的手枪就捏成什么样的，不过我那时捏得最多的是"五四"式手枪，没有样本就照着电影上学，凭印象捏好后，稍微一晾，像电影上的八路军、武工队那样，将枪别在大裤腰上，遇到"敌人"，猛地抽出来，照着目标，"叭叭叭"就是几梭子，既威风来劲又气派够味，那时的感觉真像自己就是个顶天立地的大英雄。"堵浪"也是我们特别喜欢的一种泥玩法。村前边有一条小河，那里是我童年的一处乐园，河水小的时候，我们常用硬泥巴捏成胳膊粗的长条当坝，堵住一条小小的"支流"，再在坝前抠个大坑，等水涨满了坝，我们在坝上挖几个小洞，当轱辘门（闸门），看着细长的水从门洞里涌出，大家"嗷嗷"地叫着，那种自豪感成就感简直就像战士打了胜仗，又像桥梁专家新建了一座大桥一样……儿时的泥玩具还有很多很多，像捏泥人、捏泥猴、捏馒头……多得真是三天三夜也数不完道不尽。那个时候,在我的眼里,黄泥巴是世上最神奇的东西,黄泥就是最好的玩具。

似乎是在一眨眼的工夫,30多年过去了。想想当年的那些泥玩具和泥游戏,它们不知曾带给了我多少欢乐,给了我童年多少幸福的享受,引发了我多少想象和启迪,是它使贫困的日子变得愉快,使枯燥的生活变得丰富,是它使我的思维插上了梦的翅膀,使我尝到了创造和劳动的快乐,又是它……然而它们给我的又何止是这些!

如今,改革开放,经济发展了,人们的生活条件好了,孩子们对玩具的要求也更高了,许多孩子缠着父母不是买这就是买那,不带响的不要,不是洋的不要,不是贵的不要,不是高档的不要……玩泥玩具的孩子不仅在城市就是在农村,也几乎找不到了看不到了,昔日被我们这一代人视若珍宝的泥玩具泥游戏早已失宠了,冷落了,但与之相伴的是孩子的动手能力差了,不懂得金钱来之不易的多了,亲近土地亲近大自然的少了。长此以往,下一代的素质,下一代人的明天……

讲到这儿的时候,我注意到,女儿的眼睛瞪得大大的,长睫毛一眨一眨地,充满好奇和神往,像是在听一个很遥远很遥远的故事。听完后,女儿挪开我的手,默默地拾起地上的娃娃,回到了它的房间。望着女儿的背影,这时我又联想到当前正在大力实施的创新教育和公德建设,其目的不就是为了培养青少年创新精神和动手实践能力,引导他们养成良好的节俭习惯? 不就是让孩子自己去触摸人生,自己感受生活? 而孩子们自己动手做泥玩具从某种意义上说不正可以达到这样的目的?

想到这儿,我忽然产生了一个念头,下一个星期天,带上女儿,到乡下老家,和她一起和泥巴,做"皇帝娘娘",摔"娃娃响子"……此时此刻,我心中的忧虑渐消,信心与希望又像春前的草木一样茁壮生长起来。

旺　　旺

我家曾经养过一条狗，这条狗的名字叫旺旺，是父亲起的。这是一条母狗，在30多年以前就死了。但我今天却要写它，是因为我至今不能忘怀它——它的确是一条通人性的狗。

小的时候，我和旺旺相处了大约四五年的时间。虽然时间不是很长，但关于它的很多事情，我现在仍然记得清清楚楚，以至一闭上眼睛它就能跳跃在我眼前。

旺旺有一个习惯，就是从来不乱大小便。它有一个固定大小便的场所——街上的柴草垛旁，这里就是它的厕所。四五年间，它几乎一次也没有改变这个习惯。有一次，全家没有人在家，我们从外边回来的时候，发现旺旺趴在门楼底下，肚子底下湿了一大片。我一抱它，它就叫，发出很痛苦的声音。母亲接过一看，原来它的腿折了。母亲看了看墙上的爪痕，懊悔地说："都怪我，临走忘了把大门半开，准是它大小便急了，从墙上跳下来。"母亲说着用布条把它包扎好，开始一瘸一拐的，几天以后它就能正常走动了。

还有一次，我们正在里屋说话，忽然听到有划拉板门子的声音，我起身开门一看，原来是旺旺在开门。见我出来了，旺旺就在前边侧着身子跑，一边跑一边回头看，眼睛里想要告诉我什么。我一看，原来大门关着，旺旺要大小便出不去了。于是赶紧开门，它很感激地望了我一下，很敏捷地跑出去，跑到柴草垛边起劲地大便。看来，它实在憋坏了。真是个守规矩的小东西。

也许是狗的天性，旺旺特别忠于主人。有一次，我跟父亲到菜地里浇菜，旺旺一蹦一跳地跟在后边。到了菜地，我和父亲开始浇地。旺旺则蹲在地里看我们劳动。我们从地东头转过一个弯浇到西头，然后回家了。过了晌午，还不见旺旺回来，父亲让我出去找找。当我顺着路找到菜地的时候，发现旺旺还蹲在原来的地方，嘴里吐着长长的舌头，身体一下一下颤动着，浑身都湿透了，像刚淋了一场大雨。回到家我把情况跟父亲说了，父亲叹了口气说，它不知道咱们到了地那边回家了，它还在等着。我听了，抚摸着旺旺湿漉漉的皮毛，心痛得难以言表。

旺旺还有一个怪脾气，就是谁要从我家里往外拿东西是万万不可的，它又跑又叫，样子很威猛，没办法，母亲只得呵斥一句，它这才罢休。但要是外人从外边向我家里拿东西，哪怕是拿着一根草，它非但一声也不叫，还摇头摆尾地迎接，那样子就差说出"欢迎欢迎，热烈欢迎"了。时间长了，邻居们要想进我家，只得事先从外边拿一条小棒子或一根草就行了。瞧瞧，它可真是一个忠于职守的好门卫！

那时，我出村上小学。每次出门上学，旺旺都要陪伴着我，一边撒着欢一边目不转睛地送我，有时一直跟到村头很远的地方了它还恋恋不舍。看样子，只要我允许，它就会一直跟到学校。没办法，每次我只好对它说一句：快回去，我要上学了。它这才恋恋不舍地走开。当我走很远了，回头望望，它还半蹲在那里望着我。我那时没有几个朋友，旺旺的陪伴使我路上少了一些孤独和恐惧。

旺旺还有一件事让我挺感动。那年夏天，旺旺下了一窝狗崽。晚上，为了防止蚊子咬小狗，弟弟给旺旺和小狗身上盖上了一个网子。网子太小，只盖过旺旺身子，没办法，旺旺的头只得露在外边。第二天早晨起来，我们发现，旺旺的头还原样抻在外边，小狗崽们则紧紧地趴在它的肚子下。父亲感慨地说：狗的母性真了不起，它为了不让小狗挨咬，自己的头不知被蚊子咬了多少下。

关于旺旺的事情还有很多很多，限于篇幅关系，我就不再啰唆了。也许有的读者会问：旺旺后来哪去了？我很伤心地告诉你们，它后来被盗狗贼偷去给杀了，弟弟更是发疯似的找遍了全村和田野。可当我们找到它的时候，只剩下一张血淋淋的狗皮。为这事，我和弟弟两顿没吃饭。

旺旺是有灵性通人性的，它教会了我为人处世不要忘了自己是个人。而今，它虽然早就没了，但像一切美好的事物一样，它会永远地活在我的记忆里，并时刻在丰富着我的人生。

那 年 那 夜

那年，村里刚刚实行包产到户，但生产队还在。秋天，切地瓜干的时候，有一天晚上，大约八九点钟的光景，一家人正忙着分拣地瓜。突然听到大队高音喇叭里有人喊：今天晚上有暴雨，男女老少赶快上坡拾地瓜干！一连吆喝了十几遍，一声比一声紧急。父亲一听，立即放下手里的活计，抓起提篮，对母亲说了句：你领孩子们去拾咱家的地瓜干，我去拾生产队的。说着，父亲就奔出了屋子，冲进院子里。

母亲急了，立即做出分工，我和弟弟每人拿着一个篮子、麻袋，母亲推着车子，3个人一起向田野里奔去。我家的地瓜地在离村5里远的大坪，那是由十几块地组成的一片梯田。我家的那块地从上往下数第五块。天又黑，风又大。我们紧跟在母亲身后。一路上几乎是小跑着，深一脚浅一脚，也不知走了多长时间，总算到了大坪。这时，雨点三三两两地落下来。

母亲在一块地头放好车子，便催促我们赶紧摸黑拾起来。我们拾，母亲将拾好的瓜干推到地头一块大石板上，然后用带来的塑料薄膜盖好。一直忙到十点多钟，这才全部收拾完毕。雨星已经变成了小雨。

我们冒着小雨跌跌撞撞地回到家，刚进屋，大雨便追着我们的脚后跟下来了，很快转成了暴雨。大暴雨整整下了一夜。我们一家人都很庆幸自家的那一亩多地瓜干收拾好了没淋了雨。

　　第二天早晨雨停了。上午太阳出来了。我和母亲一起高高兴兴出门去晾地瓜干。刚到那里，母亲立即呆住了，只听母亲讷讷地说：了不得了，拾错了，拾错了。一问，原来昨晚太黑，母亲匆忙中看错了地块，错把下面的那块地当成了自家的。母亲看着自家地块白花花的一地瓜干，眼泪都流出来了。要知道，这一亩多瓜干，可是我们一家人一冬一春的全部口粮啊。其实，母亲哭的另一个原因是，拾了人家的瓜干，多了少了说不清楚，母亲担心没法向人家解释。

　　都怪我，都怪我，真是猪脑子。母亲一叠声地责备着自己。父亲弄明白了事情的原委，领着母亲、我一起去了那户人家。向人家赔礼道歉。人家并没有责怪我们，反而一个劲地感谢。母亲这才长长地松了一口气。

　　幸亏天很快好了，虽然我们的地瓜因为没赶在雨前拾起来烂掉了一部分，但大部分还好好的。而那家的地瓜干一个没烂。

　　由于我家人口多，男孩多，个顶个能吃。第二年开春的时候，我家的地瓜干已经吃完了，父母正愁着没得吃，打算到大队里借。这时候，我们拾错瓜干的那户人家推了满满两苹果筐子瓜干送上门来。父母百般推辞不收，因为他们知道，谁家的瓜干也不宽裕，给了我们就意味着他们可能不够吃的，但最终拗不过人家，只好收下。无疑，这两筐瓜干帮了我们家的大忙，那个春天，我们才没有挨饿。

　　很多年过去了，父母还经常将那两筐瓜干挂在嘴上，要我们牢牢记着，要想着人家的好，不要忘了人家的恩情。这件事也培养了我知恩图报的品行。

　　现如今，随着农副产品的深加工，老家人已经习惯了卖新鲜的地瓜，没有几户还切瓜干晒地瓜干的了。也许有一天，晒地瓜干这道工序会彻底消失。不管怎么变化，我都将永远记着那年那夜，记着那两筐地瓜干，记着乡邻的那段情。

红红的野草莓

我的家乡在鲁东南山区一个偏僻的小山村。这里群山环抱，山壑纵横，到处生长着一种叫作野草莓的草本植物。

野草莓还有一个很乡土的名字——红腚眼门。乍一听土得掉渣，不高雅，但我却一直固执地认为这是野草莓最最形象的叫法，也是最最恰当的名字。野草莓特别喜欢在沟渠地堰或潮湿的洼地安家。每年春末开始发芽；夏天拖秧，秧子上布满了尖利的青刺；西风吹起的时候果子成熟。成熟的草莓果一般有大号纽扣般大，红红的，散布在青稞里，像秋日里高挂枝头的柿子，非常扎眼。有的则藏身在秧子底下，不细瞅真不容易发现。这就是野草莓被农人叫作红腚眼门的缘故，也是我为什么到现在还一直喜欢用这个称呼叫它。

野草莓的自我保护能力很强，防御措施也很到位，采摘的时候更需小心，否则极易被它身上的刺拉破皮肤。虽然如此，小孩子们仍挡不住野草莓果的诱惑。小时候，乡下没什么稀奇水果，即便有也没钱买，每到秋天，常有成群结队的人们走上田野河畔采摘野草莓，以饱口福。一天当中，采摘野草莓最好的时间是清晨，打着露珠，亮闪闪的，既新鲜又好看。落日以后潮气上来，余晖洒在草莓棵上，草莓也就重新旺火起来，这个时候采摘也不错。最差的时间是中午，这时空气里热度大，草莓的样子低垂着，草莓果更是失了水分，没了精神。如果画一个时间表的话，采摘草莓清晨最佳，落日次之，中午最差。

我那时年纪小，虽说是个男孩子，可特别嘴馋，性子又急，只想着先尝为快。每年野草莓刚开始拖秧，还没等结果就开始往田野里跑，果子返青的时候更是三天两头跑去看，生怕被别人早摘了去。其实，这种担忧大可不必，因为到处都有野草莓，即便谁想采短时间内也采不完，更不用说那时大人要忙着种地，小孩子要上学。

我在家为小，又很听话懂事，父母特别疼爱我。父母知道我爱吃草莓，于是，经常在上坡干活的时候，或者没事的时候给我摘草莓吃。记得有一个早晨，我正蒙头大睡，突然听到父亲喊我的声音："懒虫子，快睁开眼看看这是什么。"我很不情愿地睁开眼一看，原来父亲手里举着一大把红红的草莓，那鲜红的果、碧绿的叶，立时惹得我口里流酸水。赶紧一把抢过来，"小心！"没等父亲说完，"哎哟"不好，我被草莓秧上的刺给结结实实地扎着了，于是赶紧松手。父亲一边笑着说叫你小心你偏不听，一边摊开我的手掌，小心翼翼地拔那些细小的白刺。等全部拔完了，父亲摘一颗最大的果子放进我嘴里，那个酸甜啊简直难以形容！千万种感觉化成一句话，俩字：好吃！父亲常常站在我身边，看着我趴在被窝里一颗一颗甜甜地吃着草莓。这时候，我无意中一抬头，发现正巧一束阳光透过木头窗棂落在父亲脸上，那张古铜色的脸顿时布满了慈祥和融融的爱意。我不好意思地低下头，赶紧继续吃我的草莓……这样的情景在我小时候不知出现过多少次。现在想来心中仍然充满了浓浓的暖意和幸福。

还有一回，父亲干活回来，给我捎了一把草莓，我高兴极了，赶紧上前去接。就在伸手的那一刻，我突然发现父亲的手背上、小胳膊上到处布满了一道道红杠子。凭经验我一看便知，这是被草莓秧子给划的。父亲说，这棵红腚眼门长在一座大石头后面，我费了好大劲才拔出来。母亲在一旁见了责怪说，不好拔就别逞强去拔了，早晚把胳膊拉扯上这样。父亲憨厚地笑着说："不是咱家小四爱吃吗，不咋的。"我很快吃完了那束草莓上的红果子，顺手将草莓枝仍在磨盘上。在我转身进屋的时候，我一回头发现父亲正拿着那束草莓枝，翻找着上面的青果子吃。回想着父母的对话，看着父亲有滋有味地吃着青果子，那一刻，我心头突地一热，眼睛润湿了，差点流下泪来。此后，我想吃草莓的时候就坚持自己去摘，不再打扰父母亲，并"威胁"说再摘来不吃了，可父母还是照常隔三岔五地摘给我吃。

那年，我从一个来插班的家在城里的同学处听说，在县城也有卖草莓的，而且草莓的个头又大又红，还不酸。我不信，回家问父亲。父亲说听人说过，没见过也没吃过。我说："爹，等我能挣钱了，进了城，我给您买最甜最甜的大草莓。"父亲听了，笑了笑说："好，我等着。"如果说我跟父亲有什么约定的话，这是第一个也是唯一的一个约定。但后来我上了学，参加了工作，在城里安了家，其间二十多年过去了，我也曾买过不知多少次大棚草莓，可我居然将跟父亲的这次约定忘了个一干二净。直到不久前有一天，上小学四年级的女儿嚷着要买草莓吃，我这才猛地想起当年的那个约定。可是，令我肝肠寸断的是，这个约定永远无法实现了，因为我的父亲早在12年前的那个上午永远地离开了我们。"树欲静而风不止，子欲养而父不在"，这是怎样的一种伤痛啊！我记得我黯然地流下了眼泪。女儿看了好奇地问我怎么了。我能告诉她什么，小小的她又怎能体会得到我此刻的心情？

多少年一晃而过，我已经有些年没吃野草莓了。但我今生今世都不会忘记那个早晨、那个下午、那个晚上、那个……无数次吃过的那些红红的酸酸的甜甜的，那些长在地堰河畔的野草莓。

眼下夏天已经来了，秋天也不会远了。今年的野草莓长得怎样了？还像以前那么多那么红吗？我想会的，你说呢？

又见露天电影

早在前几天，就听说在五莲广场连放半个月的消夏露天电影，以纪念中国电影百年诞辰，心里就动弹，就想着去看看。昨晚晚饭后闲来无事，我便骑上摩托车去广场看电影。一路上燥风袭面，车辆如梭，车灯闪烁，犹如行走在天上的街市，感觉真的不错。

　　远远地就看到偌大的五莲广场人潮如流,像赶大集似的。消夏的人们一分为二,除了一部分人涌向消夏文艺晚会的现场外,为数不少的人聚拢到放露天电影的那边。只要留心一瞧,不免发现,来看电影的人大部分是中老年,也有一部分是小学生和孩童。老人们大都靠前坐个小板凳,那些带着孩子的,有的让孩子站在摩托车上,有的让孩子站在大铁球上,也有的干脆让孩子骑在头上。有几个小青年带着张报纸,坐在广场草坪的边沿上。从观众的衣着来看,他们中有城里的职工,也有附近村里的农民。放电影的银幕则因陋就简,悬挂在两根罗马石柱的中间。电影虽然是大人们所熟悉的《小兵张嘎》,但从那一双双专注的眼睛中看得出,人们对电影仍然是那么喜爱和渴望。看着眼前的这一切,耳听着嘎子的声音,竟觉得如此亲切。蓦地,我不禁又回到了30多年前,那些当年在乡下老家看露天电影的情景——浮现在眼前。

　　那时还是生产队时候,七八十年代的农村文化生活极其单调匮乏,每逢夏天的晚上,人们除了纳凉聊天打扑克以外,几乎没有了其他任何的文娱活动,能看场电影简直就是过年了,在我们小孩子的眼里甚至比过年还热闹。我那时六七岁,是个地地道道的电影迷。记得那时一听说村里来了放电影的,刚吃过午饭,我就拿个小板凳再抽根长棉槐条子举着,跑到放电影的地方,先选个好地方,再用木棒画个圈,就算是自己的地盘了。有时为了争地盘,小伙伴之间难免发生矛盾,甚至打起架来。不过别担心,头天晚上打了架,第二天保管准好,谁也不嫉恨谁。瞧,乡下的孩子就这么朴实这么没记性。村里放电影,大人们便早早收工,急急地吃过晚饭,把门一锁,男女老少全部出动看电影。占据电影场子最前面位置最好地方的自然是我们这些小孩子,中间的大都是老人和妇女,后边的则基本是村里的姑娘小伙子们。挂银幕的杆子是两根不成才的长木棒,弯弯的,土里土气。

　　那时放电影之前,支部书记或村主任往往要先讲一通,不是下通知,就是布置生产任务。也许是因为事不关己的缘故,这也是我们孩子最讨厌的时候,我们便趁这个空闲玩。大人们不过显得很有耐心,听得都很专心,丝毫不妨碍他们看电影的兴致。那时放的电影倒拢来倒拢去也就那么几部,什么《小兵张嘎》《少林寺》《甲午风云》《孙悟空三打白骨精》，等等。片子很少，很长时间才能看一次。有时一晚上放两场，往往这个村刚放完这块，那个村早待在那里等着拿片。遇到大片，一放就到晚上十一二点。从月亮刚冒尖就坐下，直到月落西山才看完，四五个小时，很是过瘾。我们对电影的渴望程度现在的孩子很难相信，很多片子我们百看不厌，有时在本村看了一场不过瘾，还要跟着放电影的人跑到十几里，甚至二三十里的外村再看上一遍。记得有一回晚上，我们到外村看电影，回来的路上因为天太黑，路过一座小桥时，我因为走得心急，一不小心一脚踏空，掉到桥下，幸亏水不深，没出事故，但也变成了落汤鸡。第二天晚上，又到另一个村看去了。当然，也有不少时候，看着看就睡着了，一觉醒来，人都走净了，这才慌三火四、懵懵懂懂、摇摇晃晃往家走。一路上清风徐徐，凉爽宜人，狗吠声此起彼伏，现在回想起来煞是有趣，那种感觉真的很棒。这还打不住，看完电影回家后因为对某些情节某个镜头特别有印象，心里一激动，半夜甚至整夜都睡不着觉，第二天睁眼跑到街上，和小伙伴争论的还是昨晚的电影。

日月如梭，转眼几十年过去了。随着农村经济的发展，电视早已普及到了各家各户。喜欢看电视的人多了，爱看电影的人少了，加之来村里放电影的少了，看电影的机会少了，人人忙着赚钱，心情也淡了，人们对看露天电影的兴趣似乎越来越薄，有些村已经几年甚至十几年没放过一场电影了。电影似乎正淡出农民的视野和农村生活。其实这种状况不仅在农村，在城市也同样不同程度地存在。

今日，在炎热的7月，在这山城的五莲广场，再次看到了露天电影，没想到我的心情一如30多年前，还是那么兴奋和激动，感觉还是那么亲切，那么兴致勃勃。此时此刻，我突然产生出一个愿望，就是希望越来越多的好电影能够免费送到各个村庄，送到千家万户，让我的那些常年劳作的老少爷们、难得进一次小城的小孩子们也能够和我一样再次看到露天电影，体验一下老少观众席地而坐的那种独特的感觉和氛围，相信他们定会和我一样，对电影依然热爱，依然兴致不减，我想一定会的。

记得有位哲人说过：没有文化的空间是可怕的荒漠。让露天电影回到农村，让电影在农村扎根，这是亿万农民观众的呼唤，也是振兴电影事业的必然。

又见露天电影，我快乐着、幸福着，并企盼着。

第二辑 / **师生情深**

 一碗红辣椒

30年前，我在坊子初中读书。那时刚刚分产到户，庄户人家的日子都不好过，住校生每周日下午返校带来的所谓干粮也就是煎饼，咸菜无非就是腊菜疙瘩，条件好的顶多家里给炒一罐头瓶子韭菜或白菜帮子。每顿都是嚼干煎饼，缺油少盐，天天如此，人的食欲自然不会强，特别是那几个女生更是望"饭"发愁。那时的住校生生活就俩字：短缺。

那时紧靠我们班教室的东墙有一块半分大的三角形地，那是几个住校教师的菜园。每年开春，老师们便在菜园子里栽上辣椒。夏秋季节，园子里的辣椒一嘟噜一嘟噜的，有的青得发紫，有的火红火红的，不要说吃，就是看着也是一种享受。课间我们常隔着墙欣赏，一边看一边品头论足，小小菜园成了我们休憩的一大乐园。虽说只一墙之隔，但初一整整一年我们从没有私自进去过，更没有人偷摘过一个辣椒。

初二那年秋季开学的时候，园子里那两行几十棵辣椒，一串一串的，特别是成熟的辣椒在秋阳的照射下红彤彤的一片，煞是惹人喜爱。记得那是一个星期四或星期五的午饭时候，一周带的咸菜早已吃了个底朝天，没个就菜，喝着半热不凉的白开水，胃里直往上泛酸气，干巴煎饼直拉嗓子，真是难以下咽之极。实在忍不住了，几个调皮的男生忽然想到了菜园里的辣椒，不知是谁说了声"摘几个椒子尝尝"，说着我们几个男生爬过那道矮矮的围墙，进了菜地摘了两大捧青椒。那椒子的确是辣，咬一口嘴都闭不上。有了辣椒当就菜，干煎饼自然吃得香

喷喷的。我自小喜欢吃辣椒，并且越辣越好，那顿饭我一口气吃了五六个青椒，5个大煎饼。直吃得满脸都是汗，每个人都觉得爽快极了，过瘾。吃过之后，我们心里也很害怕，怕老师知道了批评，心里忐忑不安。

有头一回就有第二回。我们一下子像发现了新大陆，第二天午饭时轻车顺路又摘了一些辣椒。尽管菜园里有两大行辣椒，但禁不住我们贪婪地摘，辣椒越来越少。下午课外活动时间，隔着教室的窗子我们听见有几个老师说："这椒子怎么没几个了？奇怪？"第三天，当我们进了菜园，刚摘了几个，不知谁喊了声："老师来了！"我们终于被老师发现了。做贼心虚，这一喊，可把我们给吓坏了，扔掉辣椒，赶紧窜进教室坐在位子上装没事的。那个老师也跟着进了教室，他仔细地看了我们每一个人的咸菜瓶子，见都空空的了，他叹了一口气，什么也没说就出去了。老师走了，我们谁也不说话，每个人都默默地嚼着干煎饼。没了辣椒，饭吃的自然没滋味了。正当我们懒懒洋洋地啃着干煎饼时，那个老师进来了，手里端着一碗用酱油和葱花拌好的辣椒，和蔼地说："来，同学们来就着辣椒吃，别干啃煎饼了，你们慢慢吃别噎着。"说着，便出去了。瞅着那一大海碗红辣椒，我们呆住了，谁也没有动筷子。沉默了一会儿，不知是谁说了一句："来，吃吧，别辜负了老师的一片心意。"这才吃起来。有了酱油拌的辣椒，这煎饼吃起来便格外地香。但我心里却特别后悔，心里想，老师辛辛苦苦种的，又浇水又施肥的，多不容易，我们一次也没浇过，竟叫我们给糟蹋了，发誓再不偷摘了。

不承想第二天午饭时，老师又给我们端来了满满一碗拌好的红辣椒。就这样一连半个学期，每到星期五六，那个老师都会给我们端来一碗拌好的辣椒。有时是纯辣椒拌的，有时里面掺杂着几根豆腐条。有时老师也会留下来和我们一起吃，边吃边亲切地说：这辣椒可是好东西，不仅可以开胃，冬天还可以御寒，适当吃点没坏处，吃多了可要长青春痘……

光吃老师的辣椒，我们自然不好意思，于是我倡议利用课外活动时间帮老师浇菜园，这主意立即得到了大多数同学的响应，于是隔三岔五地，一到课外活动，我们便和老师一起浇菜地。渐渐地，我们也跟老师熟了，原来他姓赵，教初一年级，是民办老师，也爱吃辣椒。我们一边浇地一边和老师说说笑笑，每次劳动完赵老师总不忘嘱咐我们星期天回家路上要遵守群众纪律,说庄户人家种地不容易,不要偷人家的花生和苹果。整整一个学期,每周我们都能吃到赵老师给拌的一大碗红辣椒。可惜的是,那块菜地在我们第二年上初三的时候改成了乒乓球场,赵老师也调到了另一所学校,以后自然再也没能吃上赵老师亲手给拌的红辣椒。

三十多年来,虽然我再也没能见到那位和善的赵老师,但每当自己在家拌辣椒,或在街上看到卖辣椒的,我心里总不由得想起上初二时吃过的那一碗碗红辣椒,想起赵老师那和蔼的眼神,想起那一句句温暖如春的话语,心里便感到暖暖的。今生恐怕再也难以吃到当年那样火辣香甜的辣椒了。我知道,赵老师以及他亲手给我们拌的那一碗碗又辣又香的红辣椒咸菜已经永远地留在了我的记忆里,温暖着我人生的每一段行程。

一茶缸白开水

在我的记忆里,珍藏着一缸子白水,它既不是名贵的崂山水,更不是观音菩萨瓶里的圣水,而是一缸子冒着热气的普普通通的白开水。但正是30年前的这一搪瓷缸热腾腾的白开水,对我产生了一生的影响,至今每每想起它,心里依然充满了融融的暖意,仿佛被暖暖的阳光照耀着。

那是30年前的事了,当时我在坊子初中念初一。那时我们住宿生喝水要靠自己拾柴轮流烧。烧水成了一天生活中的头等大事。轮到谁值日,要天不明就起来,早自习不上,抬水、劈柴、烧火。水开了,放学了,再一一分水。也许因为柴火紧缺的缘故,抑或是男生多的原因,我们班的开水常常不够喝。谁都怕没有水,特别是在寒冷的冬天,煎饼又柴又硬,干啃煎饼又吃力又浪费时间。抢水也就成了经常发生,也是屡禁不止的事。

我那时岁数小,个子也小,是班上的"小不点",加之生性腼腆,父母又常常教导我多谦让,所以虽然是男生,但不等轮到我时,那锅水早被大个子同学抢了个底朝天,喝不到开水成了我的家常便饭。那时达尔文的适者生存理论正在校园流行。那个冬天的早晨,我又一次没有分到开水。提着空饭盒回到教室,一边干啃着煎饼,一边"吧嗒吧嗒"地流泪。抬头看到别的同学用开水泡煎饼就咸菜香甜地吃饭的情景,我心里陡然生出了一股怨气。我想到了达尔文的那些"经典理论",心里恨恨地下定决心,以后打水绝不谦让。正当这样愤愤地想着的时候,班主任老师手里端着一缸子水进来了,他径直走到我身边,把水小心地倒进我的茶缸子里,温和地说:"喝吧,小心别烫着。"转身对全班同学说,"谦让是一种美德,不抢并不表示自己是弱者……"班主任的这番话使那些抢惯了水的同学个个羞愧地低下了头。端着冒着热气的白开水,回想着班主任的话,顿时觉得有一股暖流涌上心头,这是老师对我的行为的极大肯定和奖赏,同时也为自己龌龊不堪的小心眼而羞愧(事后我才知道,班主任因为把开水给了我,那顿饭他自己干啃煎饼下肚的,而他自己还生着胃病,最怕吃冷饭)。眼泪顿时簌簌流下来了。打那之后,班里抢水现象有些收敛。

初一结束后,班主任老师因为身体原因,调回了老家高密。从此再没有见过他,也没有了他的任何消息。虽然他走了,但他那句"谦让并不等于自己是弱者"的话语,却深深地刻进了我的脑子。我记住了这句话,记住了做人的一条重要原则。30年来,这句话无时不在温暖着鼓励着我。它让我不再刻意地去和别人争抢什么,不属于自己的东西更是不拿不要,也不再轻易计较记恨别人。认真谨慎做事、清白谦让做人成了我的人生信条。正因为此,不但使我的工作顺顺利利,并且取得了优异的成绩,更为可喜的是,它帮助我建立了良好的人际关系。我在享受工作着快乐的同时,尽情啜饮着生活的甘霖。我知道,这一切都源于那个早晨班主任老师的一句话,是老师在最关键的时候教会了我该怎样处事、又该如何做人。

时光如白驹过隙,转眼间30多年过去了,很多事情都随着记忆的流逝消失了模糊了，但独独这一句话，这一茶缸子白开水，永远保存在了我的脑海里，再也无法将它删除。而今，每当想起这话这水，一股浓浓的暖意和感激之情随之不自禁地从心头泛起，徐徐地上升，上升……

生命里的细节

细想想，一件事若是在一个人一生中留下深刻印象，往往不是因为这件事本身有多重要，而常常是这件事当中某个不起眼的甚至琐碎的细节所致。在我40多年的人生旅途中，有那么几个与教育有关的细节让我一生都不可能忘记。

细节一：那是发生在30年前的一个夏天。我那时在村小上三年级或是四年级。有一次，学校布置勤工俭学拾粪。为了能抢在同学之前拾到牛粪，我中午饭都没顾上吃，扛起粪叉子撅着筐，急急地跑到牛歇息的那棵老柿子树下。中午的太阳又热又毒，晒得我满头大汗。但我一步也不肯离开，生怕一离开那粪被人抢了去。就这样，我蹲在白花花的日头底下，等啊盼啊，整整等了一个多小时，只听"扑哧"一声，总算等到牛拉屎。我一手拿着粪叉，一手挎着满满一粪筐牛粪，趔趔趄趄到了学校的粪池边。刚放下筐子歇息，就发现有不少同学一边笑一边捏着鼻子躲开我。我很纳闷，低头一看，这才发现由于牛粪太稀，我的裤子上全是粪。眼看就要上学了，回家换已经来不及了，还有就是回家也没有多余的衣服。我急得眼看就要哭出来。这时，语文老师来了，看到我的狼狈样子，什么也没说，转身回教室拿来一块抹布一盆清水，蹲下身子，蘸着水一下一下擦洗我的裤子。我几次看见那牛粪都沾在他手上了，可他像没看见一样，仍然一下一下很仔细很认真地擦着，直到帮我擦洗干净。我的泪差点流出来。我真的觉得，蹲在我面前的不是老师，而是我的母亲。老师蘸着水，一下一下为我擦洗脏裤子的动作，从此便刻进了我的脑子。以至现在我写这篇稿子的时候，还仿佛看见老师那双粗糙而又温暖的大手一下一下地挪动。

细节二：这是30多年前我上初二时候的事。那天中午，我因为没完成历史作业，被班主任严厉地批评了。末了，老师让我到办公室补作业。老师在前边走，我跟在后边。我一边走，眼泪鼻涕不争气地流下来。当时没有手绢，也没有手纸，眼看鼻涕痰就要咽下去了。这时，班主任突然回过头看着我，接着顺手递给了我一块纸。我赶紧将鼻涕痰吐在纸上，然后放到垃圾桶里。到现在我还清楚记着老师看我时那哀其不幸怒其不争的眼神。正是这个眼神鞭策着我痛下决心改掉了不爱做作业的坏习惯，学习成绩也一天天提高，最终考上了大学，成为全班考上大学为数不多的几个学生之一。

细节三：这事发生在18年前我上高一那年。有一天下午第一节课，我们正在教室里上课。突然班主任跑过来说男生宿舍起火了。我们赶紧停下课跑去救火。原来是一个男同学在宿舍偷吸烟，把烟把扔在床底下，引燃了草褥子起了火。好在不一会儿就扑灭了。可很不幸，我那床从火里拖出的花被子被大火烧了一半。我一看差点哭了。因为这床花被子本来是母亲打算给姐姐的嫁妆，可姐姐坚持留给了我。这也是全家9口人唯一一床像样的被子。可如今被子烧了，不仅回家无法交代，就连晚上盖的东西也没有了，怎么办？我人在教室里，心里老是记挂着那床烧坏了的被子。下课了，我再次来到宿舍，只见班主任老师蹲在那里，一下一下缝我的那床被子。她那双手其实并不灵活，而且还显得有些笨拙，可她缝得却非常认真仔细。后来我才知道，老师刚刚大学毕业，在家从没做过针线。为了缝那床被子，手都被针扎了好几十下。虽然那床被子最终还是被我母亲重新缝过，但老师当时一针一针缝被子的情景如楔子般打进了我的脑海里。

多少年了，这几个细节一直深深地印在我脑子里。特别是在我身心疲惫的时候，心情烦闷寂寞的时候，工作不顺手的时候，每每想起它，心里就觉得有一股融融的暖意在慢慢地上升，感到有一双手在背后默默地扶持着我，有一双眼睛在无声地注视着我。它在给我力量和希望的同时，更让我懂得该怎样当一个让学生记一辈子的好老师、好班主任。

我将永远珍藏这几个生命里的细节。

煎饼、馒头的故事

30多年前，我在一个偏远初中上学。我们这些住宿生每周回家拿一次干粮。那时生活条件差，每逢周日下午，同学们背回的干粮大都相同，无非就是或厚或薄的一摞子煎饼。就是煎饼，班上有几个同学的家里也不能按时足量供应，上学吃白面馒头简直更是一种奢望，想都不敢想的事。

记得在初二上学期开学的时候，学校新来了一位年轻女教师，听说是从城里来的，姓李，20多岁，高挑个，脸皮白白净净的，一头乌黑的披肩发，浑身洋溢着青春的气息和活力。她的到来在小小的校园里引起不小的震动。我们男生都盼着她教我们。没想到天遂人愿，李老师真的教我们班，并且担任班主任，全班同学都乐坏了，特别是我们几个男生又是跳啊又是叫啊，那个高兴劲简直难以形容。

李老师讲课的语调非常清脆、柔和，像山泉流水，极其悦耳动听，课讲得生动活泼，并且经常穿插几个小故事，我们简直都着迷了。那时我们每天最盼的一件事就是听她上课，听她说话，在我们看来那是一种莫大的享受，但给我印象最深刻的是她拿馒头跟我们换煎饼吃的事。

记得第一周的一天上午放学了，我们正在教室里就着白开水啃煎饼，李老师进来了，她一手端着一个铝饭盒，一手拿着一个白馒头，一边走一边说"快帮帮我，烫死我了"。见李老师来了，我们都不好意思吃了，连忙站起来让座，帮她放下饭盒。李老师挨个同学的包袱看了一遍，轻轻叹了口气，然后坐到我对面，说：

"我爱吃煎饼,来,你吃馒头,我吃煎饼好吗?"说着,李老师把那个大白馒头递给我,自己拿起一个煎饼就吃。那时我家的煎饼是纯瓜干烙的,又硬又柴,很不好咬,不小心拉破嘴皮子是常有的事。我清楚地记着李老师当时吃煎饼的样子,她好像没吃过煎饼,开始怎么咬也咬不动,只好掰下来一小块一小块地吃,费了好大的工夫总算吃完了一个煎饼。我一直拿着那个馒头不好意思吃,在李老师的劝说下,我才和我的同桌两人吃了那个馒头。那馒头又香又软,是我平生吃的最香甜的一个馒头,多少年了,现在回想起来那个感觉还仍然记忆犹新。

打那以后,李老师每天中午都到我们教室里和我们一块吃饭,她吃我们的煎饼,我们吃她的馒头,那时全班五十几个同学差不多全吃过她的馒头,她也一一吃过我们的煎饼。"半大小子,吃穷老子。"那个年龄的我们个个特别能吃,有几次不到星期六我们几个男生的煎饼就吃完了,李老师就到伙房里给我们打来馒头让我们吃。

这种煎饼"换"馒头的日子大约过了两个学期,到初三开学的时候,李老师要调走了。得知她要走的消息,我们全班同学都哭了。大家想送给老师一件礼物,可谁也拿不出像样的东西,不知谁提议说李老师爱吃煎饼,就送她煎饼吧。于是我们每人从包袱里拣出几个最好的煎饼,用包袱包了装在塑料袋里。临别时,我们把代表我们全班同学心意的一包煎饼给她。我们看到她接过煎饼的时候,眼睛里满是泪水。

李老师走后不久,在一个偶然的机会里,我们从别的老师那里得知李老师从小在城里长大,家庭条件很好,并且最爱吃馒头,不爱吃煎饼,很多次因为吃煎饼吃得闹肚子。我们这才明白李老师拿馒头跟我们换煎饼吃的真正心意。我们都很后悔,觉得亏了老师,心里很对不起她。

30多年了,虽然我们再也没有见过李老师,她的音容笑貌也有些模糊了,但她当年用白馒头跟我们换煎饼吃的事一直浮现在我的脑海里,成为我人生中最珍贵的回忆。

5 个 粽 子

在我的脑海里,有5个粽子是我终生都难以忘怀的,特别是每到端午节的时候,我总时时记起。

那是20多年前,我在一所偏远山乡的农村初中任教。那个端午节的下午,学校为了满足师生吃粽子的愿望,提前两节课放了学,让师生回家过节。孩子们兴奋得一窝蜂地涌出校门,很快消失在山间那弯弯的小道上,老师们也大都随着学生回家团聚去了。只一会儿工夫,沸腾的校园里霎时便寂静了下来,显得空荡荡的。我因为离家有50多里,加之再过几天就要函授考试,想在校温习一下功课,所以就一个人蹲在办公室里看书。

说是看书,其实只看了几页就没了心情,也许是应了那句老话——"每逢佳节倍思亲",我的心思早就飞回了老家,满脑子都是老家过端午节的情形,仿佛自己正坐在老屋的天井里,看母亲包粽子,煮鸡蛋,想象着母亲已经揭开了锅盖,那热气"呼"一下子顶出来,白茫茫的,翻滚着,升腾着,带着一股浓烈的芦叶的香味。那三角的、枕头状的粽子正被水顶得一动一动的,好像要跳出锅子。还有那煮成红色的鸡蛋,正躺在锅里咧着嘴傻笑……满屋子飘荡的都是粽子的香味。可望望窗外空落落的校园,想想长这么大第一次在外头过端午节,头一次不能在端午节吃母亲包的粽子,又是孤家寡人,就这么一个人傻待着,一股失落凄凉之感顿时涌上心头,并很快散漫开来,整个人都被这种失落的情绪氤氲着。

正在这时,突然耳边传来一声"老师",声音里似乎还带着一种怯怯的味道。我抬头一看,原来是班上的捣蛋大王小胡正站在办公室门口,手里还提着一捆粽子。我不解地问他："有事吗？""老师，这是我家刚煮好的粽子，送给你吃。"说着便把粽子递过来。我一听心里顿时涌上一股暖流，但继而我又有些怀疑，他是给我送粽子？他能给我送粽子？一边诧异一边回想着两天前的那一幕情景：那天我正在兴致勃勃地讲课，突然一道亮光翻来覆去照到我脸上，起初我还以为是太阳光，可仔细一看才发现原来是班上的差生小胡在下面用镜片照的。我很生气，冲过去一把夺过镜片摔在了地上，然后把他赶出教室，到门外罚站。好端端的一堂课在我的激动中糊里糊涂地过去了，但我怒气未消，课下又把他叫到办公室一顿批。他很不服气，朝我瞪眼。本来平时对他就没个好印象，学习那么差劲，这下心里越发讨厌他。我在心里恨恨地说：浑身找不出一点长处，净拖班里的后腿，真是无可救药。可现在就是他——这样一个响当当的差生却站在我面前，来给我送粽子，怎么不令我惊诧！

"老师，粽子。"小胡手里举着粽子局促地站在那里，我一下子回过神来，赶紧站起来迎上去接过粽子，连说了几个"谢谢，谢谢"。我让他坐下，他不肯。我问他："你怎么知道我没回家？"他很高兴地说："放学的时候，我看见别的老师都走了，就你自己在办公室，我想你家那么远，肯定不回去了，老师，你慢慢吃吧，我走了。"望着他一蹦一跳远去的活泼身影，我的眼前模糊了，一股愧疚和悔恨涌上心头：多细心多可爱的孩子！可我平时怎么就没发现他的这些长处呢？我的思维忽然又跳到那几个头痛生身上，"作文大落"小李，他虽然语文成绩很差，但他的组织能力很强；还有"多动症"小孙，虽然不守纪律，可他很乐于助人；还有小赵，小冯……这样一想，我竟发现那些被我认为的差生原来很多都有这样那样的长处，他们根本不能算差生，可我以前看到了吗？这样想他们了吗？我又怎么对待他们的？我那么粗鲁没有耐心和爱心，我配做他们的老师吗？我一遍遍自责着，反思着自己。蓦地，眼前豁然一亮：原来差生不差，差生都是我们老师认为的，是老师把他们变成了差生。想到这儿，我不禁出了一身冷汗，多么可怕的差生观啊！

吃着小胡送的那5个粽子，我感到汗颜和慌愧：是小胡使我反思自己、解剖自己的所作所为，让我懂得了该怎样对待我的那些后进生，怎样当一个称职的人民教师、一个合格的班主任……

　　打那以后，我开始思索课该怎样上，怎样当一个学生喜爱的老师、班主任。我一下子转变了对小胡这些差生的看法，主动和他们一起散步，和他们交朋友，为他们补课……一个学期下来，我和学生的关系发生了很大变化，学生见了我不再像以前那样躲得远远的，而是主动问候，主动找我说悄悄话，师生之间就像是一对朋友。我的教学成绩也从全年级倒数一下子跃到第一，多次被评为教学能手和优秀教师。

　　10年前，我离开了那所学校。就在我调走的那年，小胡考上了县重点高中，三年后又考取了省内一所名牌大学，成了村子里第一个大学生。虽然师生间没有通信往来，但每当我在教学上取得一点成绩，每当过端午节的时候，我总不由得想起小胡，想起他送的那几个粽子，除了感到温馨，更多的则是一种反省、警示和责任。

　　又一个端午节到了，小胡，你现在工作和家庭都好吧？老师感谢你的那5个粽子。

第三辑 / **亲情悠悠**

红红的辣椒面

　　隆冬时节，娘托人从乡下带来一包东西。刚开包，一股浓烈的香喷喷的辣椒味扑鼻而来。不用看就知道，这是我平生最爱吃的辣椒面。

　　送走客人，我赶紧用葱拌了一碗辣椒面，卷上一个老家的地瓜煎饼，急性咬了一口，啊，那个辣啊、香啊，那个惬意劲儿，简直难以形容！不一会儿，便吃得浑身发热，大汗淋漓。那一刻，只觉得五脏六腑无一处不舒坦！除了用痛快、过瘾这两个词之外，恐怕再也找不到更合适的语汇来表达。就这么吃着咂摸着，耳边不由得响起母亲"咕咚咕咚"制作辣椒面的声响。

　　娘做辣椒面已有经年。娘有时用纯辣椒做，有时放上从老家东岭上种的芝麻做成芝麻辣椒面。那芝麻辣椒面观之细细的、红红的，似老胭脂红，闻之香辣扑鼻。《列子·汤问》：余音绕梁，三日不绝。娘的芝麻辣椒面虽比不上那绕梁的余音，但那特有的香味三月不散。只要你闭上眼睛，轻轻地抽一抽鼻子，辣椒面的香味便如烟雾般徐徐地悠悠地飘入鼻孔，让人如痴如醉。

　　娘做的辣椒面之所以好吃，除了选上好的熟透了的红辣椒外，还有一个重要的原因，就是制作工艺上的不同，母亲做辣椒面用的辣椒从来不炒，而是"通"。通得慢火、文火，一小把一小把添草，草添多了急了，辣椒容易炒煳。得拿住火候，将辣椒通至略呈红褐色为佳。然后将通好的辣椒用碓一下一下做成粉末状，再装在罐头瓶子或白塑料袋中，用红丝绳扎好口防止跑味。这样做起来比较费事，但最地道，也最可口。

　　记得小时候，家里连饭都吃不饱，感冒了，没钱买药，更打不起针，母亲就给拌一碗葱花辣椒，拿个煎饼，卷上一大包辣椒，坚持着吃下，然后再在热炕上捂着被子睡一觉，这样连撑带辣加捂，不消半天保管好。母亲用这个土办法不知治好了我多少次感冒。这也可算是辣椒面的一个妙用，我称之为我家的祖传秘方。虽然不知道有没有科学道理，但它对我来说的确管用、节省、实惠，所以即便参加工作了成家了，我还经常用这个办法。在小学初中，我就是班里出了名的能吃辣，同学们常常戏称我是"辣子鸡"。记得上初中时，有一次我和班上一个同学打赌比赛吃辣，一人一碗红辣椒，看谁能吃完谁就算赢。谁赢了谁就可以吃那8个大鏊子煎饼。那时我们正处在长高的年龄，吃多少饭也总不觉得饱。每周从家里拿的那摞子煎饼常常不到星期六就吃完了。第二天只好忍着肚子等回家吃。在这种情况下，那8个黑乎乎的煎饼自然有着异乎寻常的吸引力。不消说，我赢了，最后一个人美美地享用了那8个煎饼，直撑得连连打嗝，腰都弯不下了。在场的同学都瞪着眼看热闹，他们以为我肯定会受不了，奇怪的是，我除了觉得撑得慌，浑身燥热外，居然没啥大感觉。从此，我这能吃辣的美名越发远扬，全校没有不知道的。就这么吃来吃去，硬是把我吃成了货真价实的"椒子虫子"。

参加工作后，我经常从家里拿辣椒面送给要好的朋友、同事，和他们一起分享吃辣椒的快乐和幸福。曾经有一次中午，在单位食堂吃饭，为了增添胃口，我拿出一包辣椒面，还没等往饭菜里撒，几个鼻子长的同事早抽开了鼻子，惊呼哪来的香味。他们寻寻觅觅，猛然发现了我的那包辣椒，争抢着往自己碗里撒。有个女教师竟然比我放得还多，那顿饭因为有了我的辣椒面而吃得格外热烈，每个人都多吃了两个馒头一碗菜。

别小看这辣椒面，胆小的吃不来。年复一年地吃辣椒，练就了我不怕困难，敢做敢当，直率热情的豪放性格，以至写的东西里也带着辣椒的味道，直来直去，不作曲笔，不可以雕琢。曾有文友问我属什么，我开玩笑说属辣椒子的。朋友听了如坠云里雾里。经我一解释，恍然大悟，直呼我幽默大师。

10多年前，父亲在的时候，家里人口多，分的菜地也多，种的辣椒也多。这些年人口减了，菜地也少了，但母亲宁肯别的少种点，也要留出足够的地种辣椒。别人不解，问种那么多辣椒吃得了吗？母亲说给小四吃的。所以，这么些年，数我家种的辣椒最多。

常这么吃，母亲和妻子担心我吃坏胃，劝我少吃，但我总忍不住，更为我得意的是，至少到目前为止，老胃没一点毛病，并且我连感冒也很少，吃饭不挑食，且饭量极大。妻子说我是"杂食动物"，亏着上班，要不还挣不出吃来。我知道，这都是辣椒面的功劳。

现在村里不少人宁愿买着吃也不愿用碓砣，一来怕呛人，二来怕麻烦。但我母亲却一直亲自上碓砣，并且一砣就要砣两三碓。还有，别看一大包辣椒，一砣也就那么一小包，不出货。每次母亲给我带来这么多辣椒面，这得砣多少时间，挨多少呛。其实母亲自己并不怎么特别能吃辣，这些年母亲年纪大了，腿脚也不太好，可她还保留着做辣椒面的习惯，我知道，这全因为我喜欢的缘故。我曾劝她不要再砣了，我想吃辣椒的时候上集市上买就行了，可她坚持要我回家拿，并且说，买的总不如自家做得好。

我知道，这一捏捏的辣椒面里，饱含着母亲那片浓浓的爱子之情。对母亲的辣椒面，我非常珍惜，从不舍得浪费，哪怕瓶子里只剩下一点点，我也要用水刷好吃掉。曾有一次，妻子把瓶子底的一点辣椒面倒了，我大发雷霆。

这些年，在我结交的几个文友当中，几乎个个都能吃辣。兴许沾了辣椒的光，这些年，我利用业余时间，写作发表了几百篇小小说散文稿件。有朋友说，古有李白醉酒诗百篇，今有老厉吃辣椒文百篇。我知道，这全是戏言，不足为道。

母亲83岁了，总有一天，母亲不在了，我再也吃不到她老人家的辣椒面，但我会铭记一辈子，直到我入土的那一天。很多时候，吃着母亲做的辣椒面，我常不由得感叹：是啊，人活百岁有个娘好。娘是一辈子牵挂你的人。

啊，一辈子也吃不够的辣椒面！啊，我的亲亲的娘亲！

石 磨 悠 悠

　　几天前,娘托进城办事的二大爷从老家给我捎来了一大包玉米糁子。末了,二大爷一再嘱咐我说:"这是你娘上磨推的,你爱吃的。她叫你得空的时候做玉米粥喝,可别糟蹋了,都80多岁的人了,不容易啊……"送走二大爷,我捏起一小撮金黄金黄的玉米糁子,细细地撮着,撮着撮着,眼前又浮现出娘抱着磨棍,围着那盘老磨,一圈一圈地推磨的情景,耳边回响起了"咯吱咯吱"推磨的声音。那些遥远的关于娘和磨的事情以及那些远逝了的日子刹那间倏地回到了我的眼前,它是那么的亲切,那么的令人心动……

　　磨,和碓、碾一样,是过去庄户人家用来粉碎东西的家庭小工具。我家这个磨就坐落在老屋的西窗跟前,上边是磨,磨下是鸡窝。说起来它可有年头了。娘今年83岁,听娘讲,这盘磨是我爷爷在世的时候凿的,到现在都上百年了,是眼下全村尚存的唯一的一盘磨。那做磨用的两块大石头是我爷爷和大爷爷三爷爷几个人合力从村东十来里远的石人山一步一步地抬下来的。爷爷一锤一锤凿了五天五夜才做好。从它诞生那天爷爷把它安放在西窗跟前,多少年了一动都没动过它。前些年大哥几次想推倒它,可娘就是高低不肯,说:"留着吧,偶尔用用,就是当个念想也好。"娘说这话时满脸的认真和不舍得。是啊,娘又怎会舍得呢?就算娘答应,我也不会同意。因为这磨上不仅篆刻着娘走过的路,刻着我全家的历史,同时也刻着我的过去与现在,寄托着我的欢乐与忧伤。

　　40年前,我才六七岁,那时还是人民公社时期。因为年年吃大锅饭,家家户户都出奇的穷。那年月几乎家家户户家里都有着一盘石磨,加工粮食或食盐什么的,很少有人家舍得花两三毛钱到大队那台唯一的粉碎机去磨,几乎都是人工上磨推。那时我家9口人，老的老小的小，特别是我们兄弟5个，正处在"半大小子吃穷老子"的年龄，家里人口多，能挣工分的又少，那时候不要说攒下钱，就是吃饭都成了大问题，所以娘是从来都不舍得到磨坊去磨东西。如此一来，上磨推成了我家加工东西的最主要途径和方式。说一盘磨是一座小小的家庭加工厂，这是一点也不为过的。那年月，庄户人的日子是缺油少盐，更不用说肉啦鱼啦的，只有到了逢年过节的时候肉鱼才能够吃上那么几小块。日子虽然很是清苦，但手巧脚勤的娘变着法子给我们一家做吃的，时常不是上碓砭这就是上磨推那。

记得那时候娘常用磨推煎饼，推黄豆面、瓜干面、玉米面、麦子面、豆面……还有芝麻、粗盐什么的，真是举不胜举，似乎什么都可以上磨推。那时，推煎饼主要时间是晚上和清晨。因为，推磨添磨需要大人，白天大人要到生产队出工干活挣工分，只有到了晚上才有空，再说那是一种长活，不是一时半刻就可以干完的。那些年，我家每天要吃几十个煎饼，所以每隔三五天就得推一次磨。

我从八九岁时便跟着大人推磨，记得那时候，常常刚吃完晚饭便开始推磨，一推就是大半宿，推完了以后蒙蒙瞪瞪钻进被窝里睡觉。更多的时候是在清晨推，那时母亲常常鸡叫头遍就起来剁瓜干碴子，一剁就是一两个钟头，记不清曾有多少个清晨我都是在娘"嚓七嚓七"剁瓜干柴子的声响中惊醒的。当母亲剁完柴子，约莫到鸡叫三遍时便把我们哥儿几个叫起来，那时天还雾露雾汇的，人正睡得香的时候，我是一百个不情愿地磨磨蹭蹭地爬起来，没办法只得踏着鞋后跟，抱着磨棍迷迷糊糊地围着磨转啊转啊，常常转着转着就睡着了，等听到母亲呵斥声：都捣着糊子了！这才猛地醒来，一看磨棍早戳到磨石上了，然后再推，推一会再睡。推一回磨，往往少则推一两个钟头，多则两三个钟头，加起来足足有几十里的路，脚上常被磨起了泡，破了出了水火辣辣的痛。时间久了，走得多了，磨根下的路都被走得溜光发亮，像铺了油似的。

那时队里有一个粉房，做粉条拉磨的活全部由一头老驴承担，那驴浑身掉得早就没几根毛了，怕它啃糊子，拉磨时将驴的脸蒙上，人只要时不时地过去添填料就行了。好多次，我一边推磨一边想，要是家里也有头驴子该多好，这样就不仅不用自己当小驴推磨了，并且还可以看驴蒙着脸转啊转啊的多有趣。那时的磨大都上头是磨，下头是鸡窝，这样设计的好处据说一则可以让鸡早早地叫人，二则要是有不小心掉在地上的糊糊鸡可以捡着吃，不至于浪费了。有意思的是，我发现有几次推磨，尽管磨呼隆呼隆地响，鸡却打着呼噜照睡不误，惹得我好一阵馋，心想自己变成个小鸡就好了。不过叫我们全家惊奇不已的是，当时我那仅三岁半的小侄女，竟能跟着大人一步步推完一大石盆子碴子，侄女那走路蹒跚的样子到现在回想起来还是那么令人忍俊不禁。

糊子用磨推好后，娘就用鏊子烙煎饼。娘烙煎饼时我就在一边看，或者给娘递递水，给油耷拉点上点油，帮娘干点小活。当一张张冒着热气的香喷喷的煎饼从鏊子上揭下来时，不用说吃就是看着也是一种幸福。每当娘快烙完煎饼的时候，娘就揭下几张烙好的煎饼，再在上面撒上些白菜馅什么的，然后往里一包，擀成长条，就着鏊子一刀刀切成块块，拿起冒着热气淌着热油的一块菜煎饼往我跟前一送说：吃吧，别烫着。我欢快地接过来，大口大口地嚼着，越嚼越来劲，越嚼越有味，那种满足感简直是一种无与伦比的享受。多少年了，菜煎饼这一口到现在仍然是我的最爱。

那时娘还常常用上磨磨好的豆面做豆面条子吃。其做法和做普通面条没什么两样，只是须掺白面或瓜干面。这种面条，不仅香鲜，并且特别爽脆，嚼在嘴里特舒服。我和父亲特喜欢吃。可惜豆面掺瓜干的面条不能常吃，更难吃上顿豆面掺白面的。还有一种吃食是做咸玉米粥。常见娘将淘好的玉米上磨推了，用簸箕簸去外皮，掰上几片白菜叶子，再撒上把盐粒儿，然后上锅用文火煮了。火大了不行，易糊，若糊了就不好吃了，还有一种刺鼻的燎烟味儿，白白糟蹋了一锅好粥。煮好的粥咸中带香，黏软可口，味道不亚于八宝粥。那时我一顿饭都能吃三大陶碗，直撑得肚子溜圆，活像倒扣了个瓢。除去煎饼、豆面条、咸玉米粥，我爱吃的还有玉米糊糊、小豆腐，等等。

那时，也有邻居家院子里窄小没有磨，常用簸箕或瓢端着东西到我家来推，不管是谁来了，娘从不厚此薄彼，赶紧放下自己手里的活，不是帮着这个推磨扫磨，就是帮着那个淘米，常常这家刚走那家又接上，就是有些有磨的人家也都愿意到我家来推。冬天闲的时候，有时一天要接待五六家子，娘从来也不嫌麻烦，每次来都客客气气的，那时的邻里关系真叫人心头热，现在回想起来心里还是暖和和的，是那么令人怀念。

20世纪七八十年代，十几年间，推磨这活我可从没间断过。可以说，我是围着磨盘吃着磨的东西长大的。直到上了高中后，远离了家，每周只能回家一次，加之来去匆匆，磨，我便很少推了。那时三哥也在念高中，推煎饼的重担便全部落在娘、姐姐和弟弟身上。

到了80年代以后，农村已实行承包制，分地到户，人们的生产积极性空前高涨，庄户人更忙了，但日子也在忙中渐渐地有了抬头，人们开始嫌推磨费事出力，大都到村里的磨坊磨东西，如此一来，到我家推磨的人也就少了。太忙太累的时候，娘和姐姐挑着瓜干渣子，花上个七八毛钱，也到磨坊去磨。娘守着机器推碴子，姐姐负责接糊子。那时常见磨坊从里到外排成长长的队，等着磨煎饼。耳听着机器的轰鸣，眼看着长蛇样的队伍，我心里常常涌起一种莫名的激动。到了80年代末，我上了大学，姐姐也出嫁了，三哥也成了家，家里人手少了，磨也就使得少了。

90年代中期以后，老家的西山上发现了优质的大理石矿，村里那些稍微有几个钱的人家，都争先恐后地开起了石头堂子，或办起了石材加工厂，村民们不是当了老板，就是进厂当了半工半农的工人。劳力少了，吃得好了，磨的用场也小了，已很少有人推磨了。许多人家嫌磨碍事，就把磨给拆了，将磨打破砌了墙或垒了猪圈。因为爹和我特别喜欢吃石磨磨的豆面条和咸玉米粥，所以娘就不舍得推倒磨。但这时推煎饼、磨豆腐之类的重活，娘大都到磨坊去磨，只有磨玉米面这样的小活娘仍然和爹上磨推。但好景不长，令我悲痛万分的是，8年前，爹因病永远地离开了我们。爹走后不久，我在城里安了家有了孩子，工作的辛苦和家务缠身，便很少有空回家帮娘推磨。娘却总是惦记着我，记着我的口味，虽然70多岁的人了，还隔三岔五地给我上磨推这推那。我曾多次劝娘不要再给我磨东西，可娘就是不肯听，照样时不时地推磨，或送或捎地给我带东西。每次吃着娘从老家给我带来的煎饼、玉米糁子、豆面条子，我总有一种不忍情的感觉，因此吃这些东西的时候，哪怕是掉了一点煎饼渣，一根面条我都捡起来洗净再吃。为这事儿妻常取笑我说：老家捎来根草也比花美。其实，她哪能懂得我的心，懂得我对老磨对我娘的那份深情呢。

爹走后，我们兄弟几个相继成了家，娘便一人住在住了四代人的老屋里。如今，全村只有我家还有一盘石磨，别的户都早已拆掉了。但娘总不舍得拆，现在已是极少有人到我家磨东西了，昔日天天忙碌的院子一天天安静下来，娘也比以前清闲了许多。听嫂子讲，娘没事的时候，经常瞅着石磨和那盘百年老碓愣愣地看，一看就是一两个钟头。嫂子的话让我心头一酸，听着听着泪水禁不住地流出来。因为我心里知道，娘是在一个人默默地回味那些贫困而又充实热闹的日子，在孤独地一点一点地咀嚼那些远逝了的岁月。

想着这些，我忽然明白，这磨不仅早已融入我的生命，同时也融入了娘的生命。其实这石磨的历史不正是我娘的历史吗？我家的历史吗？它就像是一个历史的见证人，它在默默地见证着过去，也见证着现在和将来。它叫我珍惜拥有，珍视生活，珍爱生命。

娘给了我生命，石磨让我懂得了人生，娘和石磨那种苦了我一人，幸福全家和大家的胸怀时时激励着我。我无法报答娘，无法报答石磨。我只能无惧于危难，无止于奉献，无愧于人生，并在待人接物上沉着刚毅、深思慎言、堂正公明、寡欲免贪，工作中德才兼备，为人师表，创一流业绩。

撮着娘托二大爷捎来的金黄金黄的玉米糁子，嗅着喷香喷香的玉米味儿，40多年了，那轰隆隆的推磨声和娘打着灰头巾推磨的情形，至今让我难以忘怀，让我百感交集，岁月仿佛穿过了时空，一一浮现在我的眼前，萦绕在我的耳际……

 # 又是麦熟杏黄时

又是小麦熟了的时候。在这乡下到处都溢满了麦香的季节，望着田野里、小道上来来往往忙碌着的农人，我不禁又一次想起了我的父亲。

似乎是一眨眼的工夫，父亲离开我们已近20年了。他走的时候年仅64岁，他走得那样匆匆，那样令人猝不及防，以至现在每每想起，我总禁不住潸然泪下，悲痛万分。

父亲是个农民，一生虽然很平凡，但他那勤劳、善良、耿直、诚实、本分、乐于助人的品质，给我留下了极深刻的印象，也给村里人留下了难忘的印象。

父亲是个性情温厚宽容大度的人。在和父亲相处的26年间，从没见父亲跟任何人吵过一次架、动过一回态度。他常说：忍一忍，小不了人；让一让，矮不了多少。我家兄弟多，父亲和哥哥嫂子相处都很好，这在农村是不多见的。我家因此年年被村里评为"五好之家"，嫂子们也连年被评为好媳妇。父亲挣的这些牌子和奖状到现在还挂在我家老屋的西墙上。

父亲为人忠厚，心地善良。他最见不得别人的苦。那些年上门要饭的比较多，每次来父亲都尽可能地多送点瓜干什么的。每逢看见拖儿带女的乞讨者上门，当有的人家赶紧回家把门关得紧紧的，而父亲却回家把门打开等着，并且总是多拿一些瓜干或煎饼给他们。每次打发了要饭的，父亲的这顿饭肯定会比往常吃得少，他是想自己少吃点，省出给了要饭的那些干粮。

父亲做事正直坦荡，不徇私情。大包干以前，父亲在生产队干过10多年保管，这可是个许多人眼馋的"肥差"，父亲尽管手中管着瓜干、马料、花生等大宗物资，每天从库里进出很多东西，但他账记得清清楚楚，一笔一笔，丝毫也不含糊。

那些年我家日子很艰难，可他从没偷偷往家拿过一粒米，哪怕是一根草绳子。小时候晚上，我常跟父亲在生产队的场里睡觉看场，睡着睡着我肚子饿了，想到囤子里抓把花生吃，每次都被父亲拦住了，他说："那是集体的，不是咱家的，不能随便吃，忍一忍吧。"没办法，我只好在肚子的咕咕叫声中再次睡去。那年生产队拆散分东西，查账时四五个队，就我父亲的账清楚明白，没人说这道那的。

父亲在生活上非常俭朴。在我的印象中，父亲仅在过年时做过一两回新衣服。他穿的鞋子也是我们兄弟几个穿过的。父亲喜欢抽烟，但从没舍得花上两角钱买盒最便宜的烟卷抽，他的烟袋包子里装的都是赶集买的最廉价的旱烟，有的时候父亲不舍得买烟，就自己在墙角落里种上那么一二十棵。有几次吃饭的时候我不小心掉了几粒饭粒，父亲见了二话没说，低头拾起来填进口里就吃。

父亲去世的时候，我结婚不到3年，我的女儿也才不到两岁。在他重病期间，还时常惦记着我的女儿，身体稍微有些好转就帮着我们照看孩子。我成家后总共才给父亲过了两个生日，因为成家不久家里彩电被盗，我又参加了函授学习，日子过得很拮据，每逢父亲生日，他坚决不让我们给他买东西，加之当时我心存等以后条件好了再好好给父亲买点什么的想法，所以平时更没有买什么衣物孝敬他老人家，就连给他过的这两个生日我也几乎都是空手回家的。不承想，此后父亲竟再没有了第三个、第四个生日……成了我永久的遗憾。

父亲临走的头一天，我在家割麦子秧地瓜。那天他看起来似乎精神好了些，再三嘱我回家照料照料孩子，上班不要惦记着他。下午我便回了相隔30多里远的自己的家，我到商店买了饮料，又在街上买了十几个橙黄的杏子，打算第二天给父亲送去。不想第二天上午便接到家里的电话，说父亲不行了，我和妻儿急急地赶回家时，只见父亲已经昏迷。我伏在床前，捧着他最爱吃的金黄的杏子，呜咽着喊着："爹，我回来了！"父亲只是微微地睁了睁眼便永远地离开了我们，任凭我怎样喊，他再也听不到我的声音了。

父亲走了，到现在快20年了，在过去的7000多个日日夜夜里，我总一次又一次地怀念起我的父亲，总在梦中一次又一次地看到他老人家蹲在家门口默默地抽烟，看到他老人家扬鞭使牛"来来啦啦"地在山坡上耕地，说不清有多少次我是在睡梦里哭着惊醒的。

如今，我们兄弟几个都各自成家立业，但在我的心里总有一种"子欲养而亲不待"的深深遗憾和满腹惆怅，真希望时光能够倒流，岁月能够重来，让我有机会再服侍父亲一次，哪怕只是再看一眼他老人家也行……

又是麦熟杏黄时，在这满目金黄，处处溢香的日子里，我再一次流下了眼泪，因为我怀念我的父亲。

枣　叶　茶

这里说的枣，既不是驰名中外的莒州贡枣，也不是闻名遐迩的乐陵金丝小枣，而是指我家乡五莲的野酸枣。

我的家乡在路东南山区，一个偏僻的小山村。这里没有四通八达的马路，没有煤铁石油等赚钱的矿产，甚至连一样拿得出手的特产也没有。有的只是漫山遍野、沟沟岔岔、成片成簇的野酸枣。

说真的，我从小对酸枣没什么好印象。小时候上山挖野菜，不是被酸枣棘子刮破了衣服，就是扎破了手，有几次还被扎伤了脚趾，发了炎，几天都不敢下路。所以，尽管酸枣果红艳艳的，甜甜的，好看也好吃，但除了上小学搞勤工俭学摘过一两次酸枣外，我几乎看都不愿多看一眼，更不用说去碰它，品尝它的美味了。在我的眼里，酸枣只是一堆烧柴而已。

后来，上了大学，毕业了，工作了，在城里安了家，整天奔走于单位和小家之间，便很少回老家，更没了闲心到坡里看酸枣了。

大前年春天，大嫂到城里来看我，顺便带来一包茶，说是自己炒的，让我尝尝。我打开一看，那茶叶的叶片绿绿的，蜷曲着，闻之有一股淡淡的苦味。我很纳闷：老家又没有茶园，更没有炒茶的习惯，哪来的茶叶？嫂子解释说，这是酸枣叶茶,村里不少人都炒这种茶喝,省钱又当茶,有的还到城里卖钱呢。嫂子说,你尝尝,味道怎么样。亲情难却,我将信将疑,捏了一小撮茶叶,放进口杯子里,冲上开水。不一会儿,茶叶便一点一点地舒展开了,叶片圆圆的,嫩嫩的,一看就知道是初春的酸枣叶。那圆嘟嘟的叶片,碧绿的茶汁,立时引起了我的好奇和兴趣。我轻轻地啜了一小口,清香、微苦,感觉真的不错。喝惯了茉莉花茶、日照绿茶,再喝喝这酸枣叶茶,感觉确实别有一番风味。

从那以后,每年春天,大嫂都会给我一包酸枣茶,有时她自己送来,有时托人捎来。我也就年年有了喝酸枣茶的口福了。对这样的茶,我是不轻易送人的,我怕别人喝不出这种味道,白白糟蹋了大嫂的酸枣茶和她的一番好意。

然而,万万没有想到的是,一向健壮的大嫂去年突然病倒了。到医院一查,已经是肝腹水晚期。嫂子一生爱喝茶,即便在她重病期间,也是茶水不断,而她喝得最多的还是酸枣茶,用她的话说,这茶便宜、顺口,是咱庄户人的茶。

今年正月,大嫂在卧床两个月之后,带着对人生的依恋默默地走了,永远地离开了我们。我知道,从此再也喝不到嫂子亲手炒的酸枣茶了。每当想起这,想起我和大嫂一起生活的那些岁月,想起像野酸枣一样朴实无闻的大嫂,想起大嫂满头大汗给我来送酸枣茶的情景,心里就隐隐地痛。

鸡年的早春我没有喝上枣叶茶,那明春呢?后春呢?后后春呢?我不知道,也很茫然。不过,我有一个想法,明春就回老家,自己去采酸枣叶,亲手炒酸枣茶。到大嫂忌日的时候,我要用酸枣茶祭奠她,并告诉她,这茶是我炒的。

真盼着春天早些来。

娘　与　碓

不久前的一天，我回到乡下老家看望母亲。那天我刚走到老家门口，就听见“咕咚咕咚”的砣碓声，从那短促而有节奏的声音中，我猜出八成是娘在砣碓。进门伸头一看，果然没猜错！只见娘坐在一个大木墩子上，头上包着灰色的头巾，一手拿着一杆长长的扫碓杆子，另一手正抹着汗，脚一刻不闲地踩下去抬上来，随着碓的一起一落，娘额头的大汗珠子轱辘轱辘你追我赶地往下落，一个个重重地砸在碓上，溅起一朵朵晶莹闪亮的小水花。看这娘砣碓的样子，听着“咕咚咕咚”的砣碓声，我的眼前模糊了，那些遥远的关于娘和碓的事情以及那些远逝了的日子竟像是放电影，一幕幕一页页急行军似的闪了出来。

碓，是庄户人家用来粉碎粮食和食盐的工具，和磨、碾一样，说白点就是“手工粉碎机”。我家这个碓可有年头了。娘今年83岁，听娘讲，这碓是我爷爷的爷爷做的，到现在已有150多年了，是村子里现存的几个碓中年龄最大的一个。它的前身是一棵两搂粗的百年老柞树，木质是相当的坚硬，老祖当年用了三天三夜才做成。我常指着这老古董跟娘开玩笑说：“这碓都快成文物了，说不定哪一天会进博物馆。”娘每次听了都急急地说：“那可不行，都使了几辈子了，要是没有它，过去那日子还不知怎么过，要不除非我死了……”娘说这话时满脸的认真和紧张。是啊，娘怎会舍得呢？

小时候，我家一共有9口人，老的老小的小，人多吃得多，吃饭是个大问题。每顿饭里几乎都有用碓砣的东西。那时娘白天要在生产队干活挣工分，砣碓只好放在早晨、中午头和晚饭时，真可谓是见缝插针，天明砣到天黑。那时娘才四十多岁，正是身强力壮的年纪，因此娘砣碓便格外有劲，动静也就特别大。记

不清有多少个清晨，我还在睡梦中，睡着睡着就听到隔壁传来"咕咚咕咚"的砣碓声。每次醒来，莽莽撞撞地爬起来，隔窗棂一望，天还黑乎乎的，娘不知啥时早又起来了。

那时生产队虽有台磨面机，但庄户人家的日子家家紧巴巴的，有谁家舍得花上哪怕是三毛两毛地去磨东西？娘作为一家之主，吃的用的哪样不操心？哪样不精打细算？为了省下一点钱，哪怕是一角钱，娘更是从来都不舍得到磨坊去磨东西，倒是舍得花力气，用娘的话说就是"力气不使也存不住，使了还有，再说又不花钱，干点活累不死人"。所以所有东西，只要能用碓砣的娘一律上碓砣。二哥常对此打趣说："这叫多快好省。"

娘那时一年四季常用碓砣的东西有黄豆、瓜干、花生、芝麻，还有粗盐等。娘砣黄豆做得最多的是豆沫子，也就是现在城里人说的小豆腐。我常见娘将上碓砣好的黄豆面拌在淘好的菜团子上，再撒上盐，拌匀蒸熟即可。娘用豆面做得最多的豆沫子有开春时的萝卜缨子豆沫子、菠菜豆沫子；夏天的山菜豆沫子、扁豆豆沫子；秋天的方瓜豆沫子、地瓜秧子豆沫子；冬天的萝卜豆沫子、大白菜豆沫子等蔬菜的、野菜的，真是五花八门，啥样的都有。别小看了豆沫子，正是靠"半年蔬菜半年粮"的豆沫子，才度过了那个艰难困苦的年代，送走了那一个又一个令人辛酸的日子。那时豆沫子真是庄户人家的活命粮。

每年中秋节前夕，是我家那碓使得最多，也是娘最忙最开心的日子。左邻右舍婶子大娘，天天一大早就用瓢或簸箕端着花生米、芝麻粒儿来我家砣碓，做糖盒子。娘为人厚道实诚，又勤快，邻居们一来，娘就忙活开了，不是帮着砣碓，就是帮着扫碓，帮着拣沙子，像干自家的活一样。常常刚送走这个那个又来了，不管是谁来娘都不厚此薄彼，一样帮着干这干那。一天下来，娘常常累得够呛。白天，碓让邻居们占着，娘只好半夜三更起来砣自家的东西。虽然娘又累又困，但娘从不厌烦，也无半点怨言。娘常说邻里邻居，谁还不用着谁。就这样一连半月十来天下来，那咕咚咕咚的砣碓声从早响到晚，天明到天黑地不住下。常常连着用坏十几个笤帚，全部是自家搭上。邻居们有时用了碓过意不去，就在砣完碓后放下点东西，可娘坚决不收，娘说家家都不容易，帮点忙都是应该的。也许是这个缘故，邻居们都特别愿意到我家来砸碓。

那时过中秋节娘从不舍得买月饼，每年都是自己做糖盒子吃。娘做的糖盒子全村数着了，都赛过供销社卖的月饼。娘做的时候先上碓把炒熟的花生米砸成碎渣渣，再放上点糖和花生油，然后上锅用文火烙。烙一锅糖盒子常常得用一两个钟头，因为火大了不行急了不行，须慢慢地一点一点地烙，直到烙的泛黄，这样烙出来的糖盒子色若黄金，脆如嫩豆腐，是又香又脆又软，咬一口，好吃极了，真是不可多得的美食。

听娘说，五八年大炼钢铁那阵子，各家各户都把锅子之类带铁的家什上交回炉。缺燃料，挨家挨户地凑柴火。收柴的看见我家有个碓，就要给掀了当烧柴。娘死活不肯，一来娘用了大半辈子，二来一大家子人口确实离不开它，最后没办法娘把做饭用的风箱和陪嫁的一个柜子劈了充公，这才把碓保了下来。以至多少年过去了，到现在娘有时摸着碓，想起那个陪嫁的柜子还心痛得掉泪。

记得我十多岁的时候，村里来了20多个青岛知青，冷不丁来了这么多人，住宿成了一个大问题，因为大队没那么多闲房子。当时我家有六间屋子，虽说是百年老屋，又小又暗，但住的比别的人家较为宽敞，村里就把4名知青安排在我家放碓的那间屋子住，知青们在大城市长大，从没见过碓这玩意儿，更不知道砸碓是怎么一回事，对碓很是好奇。第二天娘砸碓的时候都围着看稀罕，有的还跃跃欲试。娘就手把手地教他们如何坐、如何拿扫碓杆子、如何抬脚放脚、如何别让豆子从碓窝子蹦出来等要领，知青们学得很认真很快活。到现在我还记得他们第一次砸纳的洋相，就像电影《朝阳沟》里的"男"杨玉环，逗得我几次笑岔了气。因了这碓，不久知青们就和我家熟稔起来。娘砸碓的时候他们常常争着帮着砸，闲了还教我写字画画。我家做了稀罕点的饭菜，娘便让我给送过去一碗。因为知青们和我家很投缘，你来我往的，像是一家人，如此苦日子倒也很快乐。可惜过了半年，知青们就走了。许多年过去了，他们中有的到现在还来信说起当年在我家度过的那段日子，还问及那个令他们好奇的碓现在还在不，并说有时在梦里都听到"咕咚咕咚"的砸碓声。每每说起这些，娘常常情不自禁地说："那帮子小青年，大老远跑来咱这山沟沟里也不容易，受老罪了，知道他们过得好就行了……"

15岁那年，我出村念初中，以后又念了高中。吃饭住宿全都在学校，每周只能回家一次，不能每天看到娘砣碓，听那"咕咚咕咚"的砣碓声，心里常常有一种空荡荡的感觉。因此，每到星期天，回家听到娘砣碓的声响，心里顿时就有了一种依托，感到那么亲切，那么踏实。

再后来，我进了大学的校门，校家相隔四五百里地，我只好每学期回家一次，每次回到家，只要碰见娘砣碓，我就把背包一扔，蹲下身子，帮娘扫碓，添豆子，时间长了，竟养成了习惯，到现在成家了，回家看看时，还会情不自禁地这样做。为这，妻子几次笑我是个"顾家子""娘们"。是啊，打小在城里长大的她又怎能轻易理解得了一个农村娃对碓的那份感情呢？

这些年来，特别是日照建市20多年来，随着农村改革的不断深入，农民的生活条件好了，生活水平提高了，农民们做饭用煤气，农闲看电视，出门骑摩托，做豆腐也用上了现代化的机器，就是做小豆腐也很少有人用碓砣了，过去村里用的那几十口碓也大都被年轻的媳妇们嫌碍事给掀了，村南大半个村子只有我家还幸存着一口碓，还隔三岔五地被娘用着，个中原因除了娘不舍得毁掉以外，主要是哥哥嫂子和我都对碓有一份难以割舍的情愫。我知道它已是我们家艰苦朴素的象征，是我们家团结和睦的象征，也是我们家对老人理解和尊重的象征，是……

流年似水，转眼间几十年过去了，不知有多少往事在成年后工作和生活的忙碌中，在不知不觉中已经随着岁月流逝远去了，模糊了，甚至消失得无影无踪了，但独有老家那口碓，以及娘汗流满面"咕咚咕咚"的砣碓时的情景，连同那些贫困而充实的日子还明明白白地记着，还清清楚楚回响在我的耳际，并时不时地亮闪在我的记忆里，总也忘不掉，抹不去。我知道，这恐怕是一辈子也忘不了了。老实说，也真的是不应该忘掉的。不是吗？！

 # 一 双 皮 鞋

那年的夏天,小我一岁的弟弟走了,永远地离开了家,离开了挚爱他的兄弟和他所挚爱的兄弟。

接到弟弟走的电话是在他走后的第三天。当赶到家的时候,弟弟已经装殓了,静静地躺在一口薄薄的棺材里面,再也不能起来,再也不能看他的四哥看我一眼,再也不能帮我搞勤工俭学,落花生、复收地瓜了,再也不能帮我摘松果、拔青草了。那一刻,我的内心一片冰凉。

我是陪着弟弟走完最后人生的一程——火化。就在弟弟即将推进高耸入云的火化炉的一瞬间,我"扑腾"一声,跪倒在弟弟的遗体旁,以我的方式,做最后的告别。

我眼看着,一股浓烟,瞬间从火化炉的顶端升起,徐徐地,缓缓地,悠悠地飘上了天。那一刻,仿佛觉得内脏被淘空了,没有了着落没有了任何的依托,只有悲哀和凄凉蔓延了我的周身。

两个小时后,灵车徐徐地驶入了村庄,驻足在五弟生活了二十多年的村子。那是他生活过劳作过的土地啊!

弟弟的灵牌摆放在老房子的天井里。天井中间摆放着一个黑色崭新的泥瓦盆。泥盆正上方摆放着一个镶着金边的四方盒子,五弟的骨灰就盛在那个小小的方格子里。我跪在那里,木然地往泥盆里放着一张张粗糙的黄纸。每放一张,一股淡蓝色的火焰便呼一下升起,瞬间又落下直至熄灭,接着第二张、第三张……

透过那团跳动着的蓝色火焰,恍若五弟又站在了我跟前。那张胖胖的脸、

很深的两个酒窝，毛茸茸的胡须，一如从前鲜活在我的眼前。这就是我的五弟吗？是他，就是他。你看他我的五弟，正举着那双小时候因冻伤而结了明晃晃的伤疤的手朝我来回摆动。他的嘴唇一张一合。他说什么吗？我竖起耳朵，使劲听，只隐约听到"皮鞋""皮鞋"……

呃，皮鞋！我想起来了。五弟一定是想要一双皮鞋！他可是一辈子都没出过村，一次也没穿过皮鞋的啊。记得，那一次，当同龄的邻居大林穿着一双锃明瓦亮的皮鞋在我们哥俩面前来来回回走动的时候，五弟一仰头，说：显摆什么？等我结婚的时候，我穿比这更好的皮鞋！那年弟弟18岁。

五弟没上过一天学，在家养了一辈子家兔。卖兔挣的每一分钱都如数交给父亲，交给他的兄弟、他的四哥我缴纳上中学上大学的学费。一年四季，年头到年尾，五弟一直穿着那双露出脚趾的黄球鞋，上坡下地弄兔子食，喂养着那些他称之为宝贝的家兔。

又一张黄纸燃起来。蓝色的火焰徐徐升起。我猛地站起身，发了疯似的，跌跌撞撞，奔向县城最大的那家皮鞋店……

在殡葬五弟的时候，我和族人发生了争执。按照乡下的习俗，亡人特别是未成年人（在我们这里，没有娶妻生子的人，一律不算成年人）死后，是不能穿任何的硬底鞋，据说这样对后人不利。

我是无神论者。我只信人的力量。我用了近一个月的工资，给五弟买了一双锃亮的名牌皮鞋。但对几千年的习俗，我实在无能为力改变。我扒开坟头的黄土，一下一下，挖出一个深深的窝，将那双被人去了底子的皮鞋亲手埋在了他的坟里，埋在了五弟的身边。

我再次长跪不起。那一刻，时间仿佛凝固了，只有冷冷的风狂舞着。

我努力地忘掉一切。记忆之门却一次又一次被强行打开。

曾记得，那年，学校组织勤工俭学，要学生拔青草。五弟中午和我一起，推车架子车，一头钻进了茂密的刺槐林。等我们拔满一车草的时候，弟弟的手上全是被荆棘划破的血杠子，一道、两道、三道、四道……殷红的，泛着白肉……白花花的肉……

曾记得，那年——说不准是哪年了，五弟和我一起到那座大山去摘松果，那时的松果真多真大呀。五弟和我正兴奋地摘着，突然我发现一条蛇挂在一棵松树上，正一下一下吐着长舌头，发出"呼呼"的声响。我怕极了，手脚不能动弹。弟弟一个箭步冲过来，一把将蛇从树上扯下，重重地摔在了地上。我得救了，弟弟却被蛇咬了一口，整整昏迷了四五天，差点送了一条命。

曾记得……曾记得……

五弟走了，永远地走了，再也不可能看我一眼，再也不能招呼我一声"饭在锅里，还热乎"，再也不能惊叫一声："小心，蛇！"再也不能……

……

那以后，我不止一次在梦中梦见这双缺了底的皮鞋。梦见它静静地躺在那里，躺在那堆松软的黄土下，锃明瓦亮，一闪一闪地闪着金光。梦见五弟托着鞋开心地笑着……

醒来，不知何时，泪水早已打湿那条厚厚的枕巾。

第四辑 / **成长印痕**

18岁的紫藤花

那一年，我18岁，上高三。那时我是所有任课老师眼里的特优生，学习成绩一直稳居年级前三，作为考大学的苗子被内定为重点培养对象，不少老师争着给我"吃小灶"。

要不是她的到来，我的学习成绩也不会出现那么大的波动。

记得是期中考试后，一天早晨，小雨过后的早晨，有不知名的小鸟藏在窗外的碧绿的树枝上叫。班主任赵老师领着一个女生进来了，她上身穿着白褂子，下身是一条牛仔裤，扎着腰，细高挑，脑后扎着马尾辫，皮肤白皙，左嘴角有一个小小的黑痣。那是我所见过的最漂亮的女生。一进门，立即吸引了全班男同学的目光，女同学则用异样的眼神看着她。

赵老师走上讲台，简单地做了介绍：这位新来的同学叫岑小梦，以后就是我们班的一员，大家要互帮互助，共同提高……我第二次听到有这个姓，第一次是在学习语文课本《白雪歌送武判官归京》时，经老师介绍，知道作者叫岑参，唐代著名诗人。那是我第一次知道这世上还有姓岑的。我觉得这个姓氏很好玩，他们的祖先一定是住在山岭上的，要不怎么会有岑姓？

那时，我的同桌刚好因病休学，老师便把她安排和我坐一起。坐下后，她很大方地对我说，以后请多多关照，说着伸出白皙的手跟我握手，我的脸倏地红了，心怦怦直跳，本来放在课桌上的手赶紧缩回来。

那个年代的中学生不同于现在，加之我生性腼腆，说话脸红，特别是跟女同学说话更是脸红脖子粗，所以面对她的手，我只有窘的份了，幸好老师进来讲课，暂时摆脱了尴尬。

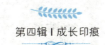

整整一节课，我神情恍惚，老师讲的什么，我一句也没听进去，几次回答问题也是答非所问，这让老师很纳闷，以为是我病了。拘谨加之寡言，还有特优生独有的骄傲，一整天我都不主动跟她说话，对她的提问也不怎么用心回答。但她始终微笑着。

晚自习之前，天有些黑了，我从宿舍出来，急匆匆往教室走，走到校园中间井台边的那棵紫荆树下的时候，一不小心，迎面跟一个人撞在一起，只听哗啦一声，一摞书落在地上。我一边说对不起，一边慌慌张张地弯腰拾书，对方也赶紧蹲下捡书，一抬头，两人都惊讶地喊起来：

是你——

是你——

不是别人，是我的同桌——岑小梦。这样的偶然其实在很多小说中都有，一点也不传奇，很俗气，可这的确是当时的真实写照。我手忙脚乱地帮她把书本收拾好，赶紧小跑着进了教室。

那时紫藤花开，一串一串，紫红一片，云蒸霞蔚，散发着淡淡的香气。以后的岁月里，那时的紫藤花无数次出现在我的梦里。

也许是愧疚心理作怪，从那以后，对岑小梦提出的问题我都百倍耐心解释。青春里谁也不知道会发生什么样的故事，我就那么鬼使神差地喜欢上了她。上课神情恍惚，再也无法集中精力学习。期末考试，一落千丈，不要说年级前三，前三十也没有了我的位子。

老师找到我，跟我谈心，可我却怎么也听不进去，满脑子都是岑小梦的影子。我知道，岑小梦也喜欢我，这我从她的眼神中可以看得出。赵老师不知怎么得知了原因，更是严肃地指明厉害：赶紧醒醒吧，再这样下去，你会与大学的门槛擦肩而过，后悔不迭。可我居然这样回答：宁愿考不上大学，也不能不爱她！我的回答斩钉截铁，掷地有声。

要不是看到那一幕，我也不会回头。

那天晚饭后，我拿着书本到学校前的小河边看书，说是看书其实是排解一下连日来的郁闷心情。无意中看到她——岑小梦和一个帅气的男孩有说有笑地站在操场一角，看情形他们很熟悉很亲热。这激起了我的无名之火：好你个岑小梦，我这么痴情，你却和别人要好，辜负了我的一颗火热的心。第二天，我悄悄给她了一张纸条责问她，没想到她却写道：我喜欢谁你管得着吗？他家有钱有势，你有吗？他长得帅气你帅吗？再说，我已经不爱你了，以后你走你的阳关道我走我的独木桥……

看着她用红笔写的绝交书，我羞愧得真想一头扎进学校里的那口老井，可我转念一想，不能就这么傻，我要叫她有一天后悔，看看哪个男人更值得她爱。我把纸条在手里狠狠搓着，扔到厕所的粪池里。我的初恋就这样画上了残缺的句号。虽然我们还是同桌，可和陌生人没什么两样。她的话明显少了，眼睛经常红红的。我心里暗自庆幸，觉得解气。

转眼又到期中考试，我没有让自己失望，成绩直线上升，回到年级前三。而她的成绩却明显下降。高中毕业后，我如愿以偿考上了京城一所名牌大学，而她却只上了一所专科学校。

大学以及参加工作后，我也曾试着谈过几次恋爱，可脑子里总忘不了她——岑小梦，忘不了的还有那棵紫藤花以及紫藤花下的那口老井，所以至今单身。

8年后，高中同学聚会，我无意中得知了当年岑小梦的那位新男友根本不是我所想的那样，那个男生是岑小梦的表弟，那次也是岑小梦故意让我看到，好绝了我的心思。而且，至今她没有结婚，在一家工厂车间上班。

我费尽辛苦找到她的家，却见门紧锁，锁上生了锈，好久没有开过的样子。我被告知，一个月前，她因为心脏病突发走了。那一刻我的脑子里一片茫然，天塌地陷……

一个早晨，一个小雨过后的早晨，我拿着一束盛开的紫藤花，来到岑小梦的墓前，将那束紫藤花轻轻安放在墓碑上……

从此，在岑小梦的墓地，每年夏日的一天，一束盛开的紫红色的紫藤花蓬勃绽放在那里……

 一 支 铅 笔

在我十几年的求学生涯中，我曾用过无数支笔，其中有一支铅笔是我永远不能忘记的，因为它不仅帮助过我做作业写作文，更重要的是教会了我怎样把那个"人"字写好写周正。

那是发生在三十多年前我上小学二年级时候的一件事。我清楚地记着那个夏天的中午，我早早吃了饭头一回第一个来到学校，不为别的，只因为惦记着邻桌的那支铅笔。邻桌的爸爸在公社工作，经常给他买一些五颜六色的铅笔，令我们这些庄户娃羡慕得不得了。那天上午上语文的时候，我无意中一侧头，看见邻桌手里拿着一支画着孙悟空手拿金箍棒的铅笔把玩，立刻就被深深地吸引住了。那时村里正放映《孙悟空大闹天宫》的电影，我因为太喜欢孙悟空这个人物，特别是他手里那根能变大变小的金箍棒，曾几次出现在我的睡梦里。那时我家的条件很不好，当庄户孙的父母是没那个闲钱为我买那么高级的铅笔，而且即便答应也不知道上哪儿买。就这样，在那个炎热的中午，在经过一番"精心"筹划之后，邻桌的那支铅笔神不知鬼不觉地落进了我的衣兜里。

第一次当了小偷，心里非常害怕，心怦怦跳个不停，一点也高兴不起来。下午一上课，邻桌发现铅笔丢了，哭着报告了老师。老师用目光扫视了一圈。我因为心里有鬼，怕被老师同学察觉，低着头，大气都不敢出。当老师的目光扫过我眼前时，我的脸不自觉地红了。那一刻我断定，老师肯定发现了我。我以为老师会当场把我揪出，或当众让我交出铅笔，再急风暴雨地狠批一通。没想到，老师扫视了一圈后，很轻松地说："也许是某个同学粗心大意拿错了，只要放回去就行，我相信他会这么做的。"说着像往常一样开始上课。

虽然这节课我一句也没听进去,但我很感激老师没有用"偷"来说这件事。我知道我错了。下课的时候,趁同学不注意,我把那支铅笔又偷偷放进了邻桌的铅笔盒里。

第二周的一个课间,当我去厕所回来打开铅笔盒的时候,我发现一支和邻桌一模一样的铅笔赫然躺在那里!就在铅笔的下边,压着一张字条:在所有的汉字中,最难写的是"人"字,希望你用这支笔写好这个"人"字。我从那漂亮的字迹中一眼认出,这是我的老师写下的。

虽然我对这句话并不甚明白,但它像刀子一样深深地刻在我的心里。有时它像春风,温暖着我、激励着我;有时又像无形的鞭子,鞭策着我、警示着我。它像一位智者,默默地指点着我该怎样做人。从那以后,我不仅再没有做过小偷小摸的事情,学习更加刻苦,经常帮助别人,成了老师心目中的好学生,邻居眼里的乖孩子。

十几年后,我以优异的成绩考上了一所师范学校,并且当了一名光荣的人民教师。在此后近二十年的教学生涯中,我一直记着老师的话,勤奋工作,认真做人,关心学生,一笔一画书写着"人"字。这些年来我不仅教学生取得了可喜成绩,年年被评为优秀教师,并且在业余写作上也取得了点滴成绩,发表了几百篇文学作品,多篇获各级奖,成了省作家协会的一员。

想想看,人这一生要想不犯一点错误是很难的,但只要有错就改,即便成不了伟人名人,同样可以成为一个正直的人、一个纯粹的人、一个有利于他人有利于社会的人。

"人"字很简单也很难写,只要用真心写,一定会写好写周正。不是吗?

一支铅笔,一个一辈子都在书写的"人"字。我是幸运的,在我人生的岔路口上及时出现了一盏明灯。我感谢我小学时候我的那位老师。

别灰心，再试试

上小学四年级以前，我一直害怕作文、愁作文，因为一来脑子空空，没东西写，二来不知道怎么写，怕写不好挨批、"坐红椅子"（那时差的作文老师往往当作反面的教材，在课堂上念，并把名字写在前面的黑板上，这种做法我们称之为"坐红椅子"）。尽管语文老师每次作文课都念了不少优秀范文，有作文书上的，也有班上同学写的，也有已毕业的学生写的。但我还是不会写作文，一到作文课因半天写不出一个字来而急得恨得咬铅笔杆子。一节作文课下来，那支铅笔早已遍体鳞伤，牙印纵横，如同被狼啃噬过一般。作文课成了那时我最难过最打怵的一门课。

记得小学四年级下学期的时候，新换了一位语文老师。他是我们村的，和我一样也姓厉。他上作文课的做法有一点和前一位老师不同，就是很少念写得差的作文，更不把作文差的同学"坐红椅子"。而是把好的作文，或一篇中有一两个他满意的句子的作文，或因一个次比较生动出彩的作文的同学的名字，用红笔写在前面的黑板上，并且用很大的夸张的字端端正正地写在那儿，非常炫目而耀眼，但我们都很喜欢（我们背后称之为"上黄榜"）。我虽然作文差，但做梦都想着哪天自己的名字也能被老师这么夸张地写在黑板上。

很快两个星期过去了，一个月过去了，我的愿望一直像天上的星星悬挂在梦想的天空。又逢作文课，老师布置我们写秋景的作文，并带我们到了附近的一个大苹果园里体验生活。我们都非常高兴。老师在果园里一边让我们观察，一边指导我们写作的方法。回到教室后，便接着让我们写作文。本来自己在果园里兴致勃勃，满以为自己可以写出一篇拿得出手的作文，可真的一提笔，结果还是老虎啃天，无从下手。眼看半节课就要过去了，正急得火烧火燎的，猛然想起早晨放在包里的一本哥哥上学时用过的作文书。急中生智，赶紧悄悄地翻动出来，找了一篇类似的作文，加上自己在果园里看到的景物，东凑西拼裁剪了一篇交上，那感觉简直就像做贼一般又心虚又紧张。

勉强交上作文后，我心里一直忐忑不安，怕被厉老师发现。没想到，第二周作文课上，老师却表扬了我，并当堂亲自念了我的作文。还有，更让我激动的是，我的名字头一次被老师写在了黑板上。那天的感觉真的很美很美，心情真的好高兴好高兴，完全忘却了那是一篇拼凑起的作文。

之后的第三天，老师把我叫到操场，边走边和我谈心，先是给我讲了一个故事：有一个人一直想成功，为此，他做过种种尝试，但到头来，都以失败告终。他非常苦恼，就跑去问他的父亲。他父亲是一个老船员，他意味深长地对儿子说：要想有船来，就必须修建自己的码头。儿子听了这话沉思良久。之后，他不再四处尝试，而是静下心来，好好读书。后来，他不但上了大学，而且成了令人羡慕的博士后，最后终成成功人士。讲完这个故事，厉老师看着我，轻轻拍了一下我的肩膀。那一刻，我感受到了从没有过的期望和信任。

从此我来劲了，除了上好课以外，我几乎把所有的课余时间都用在借书读书上，并且开始尝试写起了日记、读书笔记。慢慢地，我的作文水平一天天在提高。

上了初中，我的作文在班里已经名列前茅了。虽然厉老师不再教我了，但每当星期天、寒暑假，我总喜欢有事没事地到他家去，有时借些书看，有时请教一些作文方法。有一次，他问我投过稿子没有，我说没有。于是他让我大胆投稿，还教给了我投稿子的方法，给了我几个报刊社的地址。

回校后我兴致勃勃地把自己平时最得意的几篇稿子投出去，可几个月过去了一篇也没发出来。我垂头丧气地告诉他这一情况，没想到他只是笑着说："这很正常嘛，哪有那么容易成功的便宜事。别灰心，加把劲，再试试。"此后，我更加勤奋写作文，投稿的胆量也大了。功夫不负有心人。终于在初中毕业前夕，我的一篇写和厉老师交往的文章在一家国家级中学生作文刊物上发表了。

　　上了高中后，虽然功课紧了，但我仍然保持着课余写东西的习惯，并且加入了学校的文学社。高中毕业的时候，我已经发表了四五篇文章。

　　高中毕业后，我考取了一所师范专科学校，担任了校报编辑，并且开始了小小说、散文等文学体裁的创作。大学两年下来，虽然零零散散地在市级报刊发了几篇文章，但一直没有在正规文学刊物发表，更没有达到自己预设的目标，心里不免有些泄气。厉老师知道情况后，给我写了一封信，我记得他在信末写道：天上没有掉馅饼的事。永远都不要灰心，坚持下去，再试试。

　　厉老师的鼓励更加坚定了我业余写作的信心和勇气。每当遇到困难泄气的时候，我就想到厉老师，想到他送我的那本书。大学毕业走上教学岗位后，我一直坚持业余写作，特别是小小说这种文体的写作。先后写下了百余篇小小说及散文、诗歌等文学作品和千余篇新闻作品。其中有八十余篇小小说散文在各级报刊发表、获奖，并被吸收为市作家协会会员，被一些熟人戏称为"写家子"。更令我高兴的是，我教过的学生中先后有近百名学生发表过文章，有五六名学生还出了作品集。我的教学成绩多次名列全县前茅，被中国教育学会评为全国中学生校园文学社团优秀指导教师。

　　不久前，我回老家，顺便看望了厉老师。闲谈中扯起上小学时我那篇被他表扬过的作文，并如实道出了真相。让我吃惊的是，厉老师居然早就知道那篇作文是抄拼的。我问他为何不当时在班上揭穿我，然后重重地批评我。厉老师还是淡淡一笑说："我那样做，那不就没有今天你这个作家了？那我岂不成了千古罪人了吗？"我心里一动，眼泪差点流出来了。我为此生能遇到这样的一位会教学的老师感到由衷的幸福和自豪。

　　临走的时候，我要厉老师给我写几句话。他说，写就免了，口头送你一句话，不过还是那句老话：天上没有掉馅饼的事。永远都不要灰心，坚持下去，再试试。

　　"永远不要灰心，再试试。"这句话虽然朴实无华，但却包含着朴素的哲理。它是厉老师送给我的最为宝贵的一句话，也是我人生中最大的一笔财富。我将永远牢记在心，并用它指引我今后的人生历程。我的人生将因之而更加亮丽、多彩。

# 别小看自己

别小看自己！这是香港巨星七喜形象代言人陈小春为一家皮鞋厂做的一句广告词。第一次读到这句话，我心里突然有一种怦然心动的感觉。我的眼睛润湿了。那一刻，我想起了世界长跑冠军约翰逊的成长片段。

约翰逊从小有个梦想，长大了要当世界长跑冠军。15岁那年，他拜长跑教练威廉为师。威廉审视着约翰逊的两条短腿满脸不屑，言外之意：就凭你这两条短腿儿，你约翰逊不可能成为长跑冠军。约翰逊没有气馁，更没有自卑，他恳求说：让我试试吧！威廉答应了。约翰逊是个勤奋、有个性的青年，参加了威廉的长跑训练后不久，就跑出了惊人的成绩，显示了他在长跑方面的天赋和毅力，并最终成为马拉松长跑冠军。威廉也由原来的小有名气的长跑教练变成举世闻名的冠军教练。

面对威廉老师不屑一顾的目光，约翰逊既没有小看自己而退缩，也没有狂妄自大，只是平静地诚恳试试。坚定的信念和刻苦训练，造就了一代长跑名将的横空出世。我被约翰逊的沉静和自信所震撼和佩服。并由此想起了我的那段切身经历。

二十年多前，我上高中二年级。任凭怎样努力，可我的学习仍然很糟糕，照这样发展下去，不要说考大学，就是连顺利毕业都难以保证。看着班里的同学们都在忘我地学习，我很自卑，也很着急。怎么办？是糊里糊涂。浑浑噩噩地混到毕业，然后当一个和父辈一样面朝黄土背朝天的农民，还是当一个人人羡慕的天之骄子？正在我犹豫彷徨的时候，班主任秦老师找到我跟我谈心。他说了很多，但只记住了他说的一句话：人的潜力是无限的，不要小瞧了自己，相信我

能行！从此，我重新审视自己，更加坚定了学习的信念，抛却了所有私心杂念和想入非非。我像加满了油的车，浑身有使不完的劲，一头扎进学习中。功夫不负苦心人。很快，我的学习成绩上来了。我从全班倒数第四，一跃成为前十名。并在第二年以总分全班第八的成绩考入了省内一所师范学院，成为我们那个小山村里的第一个大学生。两年后，我走上讲台，成为一名光荣的人民教师。

我从一个原本没有希望和前途的后进生，最终成为一名中学教师，除了自己的勤奋和努力之外，最为关键的是班主任秦老师那句"别小看了自己"。他让我懂得了人应该有自己的尊严和敢于挑战自我的勇气。它像一座灯塔，照亮了我前进的路，又像一条无形的鞭子，在鞭策着我奋勇前进。

25年前，我在一所山区初中任教。班上有一个学生，家里很贫穷，学习很勤奋，成绩也很理想，但经常为自己家境的贫寒而自卑，整天郁郁寡欢。我跟他讲了我的故事，并告诉他当年我老师说的那句话，他很吃惊，将信将疑。我诚恳地对他说，任何事情不要在没做之前就做出结论，谁也不知道你将来会干什么，会成为什么样的人，人无法选择自己，但完全可以选择尝试。末了，我拍拍他的肩膀说：相信自己，再试试！也许是我的这句话起了作用，他从此不再抱怨什么，更加勤奋地学习，性格也变得开朗了。初中毕业后考上了县重点高中，后来考取了北方一所著名大学，现在某大型企业任工程师。不久前，他回家探亲，顺道来看我，开口说的第一句话就是：老师，是你给了我今天。我笑了。

生活告诉我们，千万不要小看了别人，一个狂妄自大的人，一个门缝看人看扁了的人永远不会有朋友，也永远不会取得事业的成功。但也请记生活告诉我们的另一句话，不要小看了自己！

有人说过这一段话：别把大款当偶像，有钱会遭贼惦记，金钱买来肥胖，买来操心，未必买来快乐。别把歌星当佛贡，痴迷过后会痛苦，迷恋过后会失落，浪费感情更可悲。别把大官当目标，自古官场多是非，赔兵折将忧心多。别把……别人固然有别人的长处和优势，但一家一个天，每个人都有自己的优势和劣势。特别是当自己竞争中一时处在劣势，或者时运处在低谷的时候，万不可丧失志向，丧失做人的勇气和基本准则。蚂蚁虽小，但却是举重冠军；雄伟的建筑是由一块块石头垒起，再大的河也是由一条条小河汇集而成。

人生在世数十载，歧路坎坷多，勇气最可嘉。自暴自弃，破罐子破摔，实在令人惋惜。对我们来说，很多人缺的不是成功外在的优良条件，而在于缺少成功的信心、勇气和韧性。社会肯定是公平的，老天在这方面给一个人少点，肯定会在别的方面补偿回来。因此树立信心，将对你的生活，以至你的整个人生都是大有益处的。

你无法改变别人，更左右不了别人，但你完全可以左右自己，改变自己。尤其是处在困难的时候，一时落后于别人的时候，请不要在意别人对你怎么看，重要的是你自己怎样看自己。只要你不小看自己，你就能够昂然地站立着。

别小看自己，陈小春的这句看似普普通通的话，却是一种积极向上的人生态度，是取得成功的秘诀，更是一种人生的大智慧。一个人要想真正站起来，就请从别小看了自己做起！

槐香时节忆高考

又是槐花飘香的时节，又是一年一度高考的日子。身为高考的"过来人"，二十多年前那场高考永远是我一生中最难忘，也是分量最重的一件事。如今回想起来仍然有些心悸、欣喜，但也有小小的遗憾。

那时，我18岁，第一次参加高考。那时高考的日期是七月七、八、九三天。短短三天，也许会决定一个人，特别是在农村，某种意义上讲，高考甚至改变一个家庭的命运。因此，七月，常被人们称为"黑色的七月"。在农村，那时能考上大学的寥寥无几，即便能上委培班也是考生中的佼佼者，不说是百里考一，也是十几个考一个。"望子成龙，望女成凤"，虽然是所有家长的共同心愿，但说实话，那时农村父母对子女考大学没有像现在当父母的那么迫切和看重。临行前一天早晨，我回家拿干粮，父母对考试几乎一字没提，只是平静地说，路上注意车辆。父母这样的态度让我感到很轻松，没把高考看得像有些同学那样决定生死般重。带着这种心态，在那个炎热的7月6日，一辆蓝帮子汽车颠簸了近一个小时后，将我们送到了县一中考点。住宿安排在学生宿舍。各考场都用红绳子拦着，并由专人看护，任何人不得靠近。这让我感觉到高考的严肃气氛。6日一天没事，在宿舍翻了一小会儿书，似乎并没有看进去，索性不看了，晚上到伙房打了一碗西红柿汤，就着娘烙的油饼，吃完早早地睡下。

考试是在7日进行的，一大早就觉得很闷热。匆匆吃了几根油条、一碗稀饭。七点半站队集合，集体学习考场规则，各人又仔细检查了一遍文具是否遗漏。一切完毕，在有关人员的引导下，终于走进考场，找到自己的考号坐下。记得我的座位在中间一排最后一个，靠近门口。虽然没有过多的压力，但毕竟是第一次参加高考，心里不免有些紧张，心怦怦直跳，脸也开始有些发热。为稳定情绪，我照着考前班主任说的办法，做了几个深呼吸动作，几分钟后心跳果然稳定了。第一场考的是语文，因为是我的强项，题答得比较顺利，作文也还顺手，心情很愉快。第二场政治答得也算顺手。第三场数学碰到一些麻烦，有两道应用题没有解出来，考完数学心里不免有些发毛，汗哗哗地流个不停。但我明白，心急喝不得热粥。于是赶紧调整好心态，并暗暗给自己加油：我行，我能行，我不能不行！决不让自己沉浸在沮丧中不能自拔。第四场英语自我感觉不错，给了我很大的信心。然而，"天有不测风云"，考试的第二天晚上，也许因为过于激动，或者说潜意识的紧张，加之天气闷热得厉害，还有不少蚊子乱哼哼，闹得整个晚上没有睡好，几近失眠，浑身老是出汗。早晨起来只觉得昏昏沉沉，进了考场脑袋一片空虚，这最后一天的地理、历史两场，可以说完全是晕晕乎乎中答的。我是历史课代表，历史也是我的最强项，可数历史考得最差，这给我留下了一点遗憾。

高考结束，在家等待成绩的滋味的确不好受，几乎每一天都是掰着指头熬过来的。20天后，高考成绩出来了，总分考了448分，在班里第八名。考得最好的是语文、数学、英语。最差的是历史，其次是地理。父母听说我的分数没过"线"，打算让我回去复习，我也做好了复习的准备。但冥冥中隐约觉得能考上，

就再等一天。果然，就在准备回校复
习的前一天下午，邻居给我送来了录取
通知书，是被一所师专院校委培班录取
了。老师同学得知后，纷纷劝我回校复
习一年准能考上本科，但上师范当老师
这是我的人生理想之一，加之家庭经济
困难，供养我上完高中已是不易，在这种
情况下，我几乎没有任何犹豫，打点好行

囊，几天后愉快地踏上了上"大学"的路。两年后，当了一名山区中学语文教师，
从此开始了自己漫漫教书路。

　　转眼过去快30年了。世事沧桑，很多人和事发生了变化，高考也进行了许
多人性化改革，如今考试的日期改在了6月，考生们再也不用像我们当年那样战
酷暑流大汗了。现今回过头来想一想自己之所以能顺利考上大学，能成为一名
光荣的人民教师，除了自己平时勤奋学习、考场上注意调整心态之外，这都是党
的教育政策、富民政策好。随着高考改革的不断深入，相信高考将不再那么紧
张，高考的话题也不再那么沉重，大学的门定会随时向每一个有志者敞开。

　　又是槐香时节，又是高考的日子。祝福每一个考生都能够考好，一圆自己
和家人的梦，然后从这里出发，走好以后的漫漫人生路，去采摘属于自己的新的
果实。

 # 夜　　读

　　读书对于我，如同一日三餐，一顿不吃饿得慌，书一日不读心里空得慌。这些年，随着阅读和写作的兴趣的加剧，读书越来越成为我生活中最重要的事情之一。每个人都有不同的读书习惯，俗话说：一千个读者就会有一千个哈姆雷特。夜半读书是我的一个读书习惯。

　　我喜欢凌晨2至3点时候，也就是睡一觉之后开始读书。我这个读书习惯什么时候养成的，我也说不清了，想来也有四五年的光景。夜半时分，一觉醒来，头脑格外清醒，也特别活跃。这时候，鸡还没叫头遍，拉紧窗帘，一个人独居一室，头靠着床头柜，双腿伸展，随手从窗台上抽出一本书，用手捧了，放在胸前，然后就着明亮的罩子灯，拥裘而读，那氛围那情调，涌上心头的是难言的美、通体的愉悦、快感和舒畅。一室、一灯、一书、一台电脑营造出一个安谧而独特的小世界。那一刻，我成了这个世界的主宰。想想看，这是一件多么美的事情！我常常禁不住窃喜。

　　这个时候，随便看什么书都行，完全是随性的，无约束的，由自己的阅读兴趣和需要说了算。教育教学刊物我喜欢，古典文学书籍我喜欢，历史哲学书籍我也喜欢，甚至女儿上中学的语文课本、历史课本等教科书我也喜欢。我的看法是，只要想读，没有什么不可以。这几年，正是在夜半时分，我重温了《红楼梦》《三国演义》《封神榜》《飘》《钢铁是怎样炼成的》等古今中外文学名著，研读了《苏霍姆林斯基给教师的建议》《班主任工作艺术》等教育理论书籍，学习了《细节决定成败》《没有任何借口》等励志名篇，读了孔子的《论语》、老子的《道德经》、尼采的《悲剧的诞生》《偶像的黄昏》、叔本华的《悲观论集卷》等中外

哲学家思想家的书,读了大量期刊,比如《读者》《青年博览》《人民教育》《山东教育》《当代教育科学》等,还有自己多年来钟情的《微型小说选刊》《小小说选刊》等等。可谓五花八门,标准杂家一个。这些书不仅丰富了我的知识,开阔了我的视野,并且陶冶了我的情操,方便了我的工作。它们或让我笑,或让我哭,或给我的心灵以愉悦,或送我以人生的启迪。它们让我跳出浮躁喧嚣的世界,跳出名利的纷争,站得更高看得更远,胸襟更加开阔。

如果你不愿读书本,那可以上网,电脑就摆在床头等着你。轻轻一摁电源开关,再用鼠标轻轻一点,打开电脑。一切就绪,好了可以上网了。这个时候,一个人静静的,或阅读网上文章,或读网刊,或浏览信息,想怎么样就怎么样,尽情遨游在网络世界中,贪婪地汲取着知识的乳汁,你会觉得你的身心都那么愉悦,甚至于到了一种物我两忘的境地。这是一件多么奇妙的事情啊!

还有更妙的是,如果读累了,你完全可以放下,将书合在胸前,闭上眼睛,什么都可以想,一任思绪随意飞扬,到哪都行。也可以什么都不想,小憩一下。不过,这个时候,在我看来,最妙的当属竖起耳朵聆听窗外的声音,用耳朵去感知窗外的世界。你听,"轰隆隆——""轰隆隆——"一声接一声响从窗外传来,不用说,那准是夜行的载重汽车驰过的声响。如果你有兴趣,不妨再设想一下,在夜半时分,在宽阔空旷的马路上,一辆重载车满载幸福和希望欢快地奔跑着,向前,向前,远处是茫茫的黑夜,天上是一两颗值班的星星,这是多么美多么生动的图画啊;你再听,"哐当——""哐当——",这是什么声音,如此悠扬如此铿锵有力? 告诉你,这肯定是远处山涧里那个新建的机械厂发出的。可以想象,一排排崭新的机器排在那儿快乐地旋转着,工人有的操纵着电脑,有的加工着零件,他们用自己的劳动和汗水谱写着幸福的篇章;你再听,"勾勾——遛""勾勾——遛"这又是什么声音? 如此婉转悠扬如此动听,这简直是天籁之音。哪来的? 告诉你吧,这是附近村庄里的早起的公鸡在上班了,公鸡们用它们嘹亮嗓子向黑暗发出的第一声呐喊,唤醒沉睡的人们醒来;你再细听,"唧唧唧唧""唧唧唧唧",这又是什么声音? 这是那些叫不出名字的秋虫的叫声;"汪汪汪"这是早起的人惊动了狗的叫声;还有……一时间,窗外仿佛变成了声音的世界,动听的而不是喧嚣的，悦耳的而不是聒噪的。要是房间里的墙上再有一块挂钟，那"咯嗒咯嗒"走表的声音，同样别有一番情趣。这些声音让你忘却了你所在的现实世界。如此众多美妙的声音，非夜读的人所不能感觉到。这是我特别喜欢夜读的一个原因。

这时候啊，如果你再有兴趣，不妨披衣下床，将灯拧到最低亮度，或者干脆关掉灯，走到阳台上，伸展双臂，夸张地伸个懒腰。看，南边那些鳞次栉比的楼房都静默在夜色里，西边那些高高低低的树木都静静地站立着，偶尔有一两棵站累了，轻轻摇摇手，活动一下筋骨，东边是沉睡的小村庄。仰头看，一轮半月当头悬着，几颗星星或明或暗地亮着，这样一个月朗星稀的夜晚，最容易让人生出人生的感触，这时候作诗著文最好。

对了，这时候除了读书，听声音，最好的当是写作了。一手握笔，或者手握鼠标，随着笔的移动，鼠标的前进后退，将满脑子的思绪和灵感，尽情宣泄在那些纸张上，铺展在电脑的屏幕上。让文字去说话，去表达你的思想和情感，显示你的智慧和才思。这又是人生中一件多么幸福幸运的事！这些年，我陆陆续续发表了上百篇文学稿件，这些稿子的灵感大都在这个时候产生并写成的。

夜半读书，我通常读一两个小时左右，太长怕影响明天的工作。很多时候，实在累了，我都是手拿着一本书，头枕着床头柜，呼呼大睡过去，直到妻子起来关灯责备我的时候，这才恍然大悟，原来又亮着灯睡了。于是，赶紧赔礼道歉，并保证下次一定先关灯再睡觉。不过没几天，老毛病又犯了。如此这般，弄得妻子哭笑不得。妻子起初多次提出抗议，但时间长了只要不影响她和女儿睡觉，她最终还是默许了，由着我的性子和习惯。她曾不止一次戏称我是属"夜猫子"的，人前也常说"我家那个老夜猫子"如何如何。这称呼很准确也很形象，我很喜欢。

古人云：三更灯火五更鸡，正是男儿读书时。现代社会要求人们必须树立终身学习的理念，活到老学到老，随时随地读书学习，否则观念就要落后，知识就会老化，最终被时代所淘汰。这也是促使我养成夜半读书习惯的一个重要原因。

宁舍三顿饭，不舍一夜读。夜半读书，让我收获颇多，别有一番滋味在心头。夜半读书，其乐无穷。我喜欢，并将一如既往地坚持着。

第五辑 / **感悟人生**

一只飞来飞去的鸟

　　操场的一角，有一棵老杨树，树头上一只大山雀正在筑巢。

　　清晨上操的时候，我见它展着翅膀"喳喳"地叫着朝远处飞去；傍晚散步的时候，我看见它衔来一根断木棒，放好又飞去……一天天，一日日，它就这样飞来飞去地忙活着。那巢在学生上操的号子声中，在附近工厂机器的轰鸣声中，在我们散步时的开怀大笑声中也在一天天变大变高。

　　有一天，大风过后，当我再次仰视这鸟巢的时候，我发现那巢不见了，地下散落了一地的短棒棒。我很同情也很担心，不知它能否会再次筑巢。令我欣喜的是，就在巢覆的当天，那只大山雀嘴里衔着一根短木棒再次飞来，又开始了快活的忙碌。那巢在它的飞去飞来中渐渐地"长大"。我悬着的一颗心也总算放下了。此后的日子里，我的目光一天也没有离开过它，离开过这鸟巢。

　　在我无数次将目光投向那"空中楼阁"之后，我心中忽然起了感触。多可爱的小生灵啊！不管筑巢多么辛苦，也不管遭受多大挫折，不管周围有多大的噪音的干扰，也不管什么风吹雨打，它就那么兀自地飞去又飞来，飞来又飞去……衔棒、筑巢，筑巢、衔棒。也许它要快快筑好了巢迎娶它的新娘，也许它要在这里和它的心上人一起生儿育女，也许它在为无家可归的孤鸟营造一方遮风挡雨的暖窝，也许……我猜不出它终究为谁而忙，但有一点却是不容置疑的，这就是它有着明确的目标和不倒的信念！

女作家简帧在《一株行走的草》中曾发出："我不断追寻，哪里能让我更沉稳，哪里可以叫我更流畅；在熙攘的世间，却不断失望。"其实这样的经历这样的感叹又何止她独有？

看着这只大山雀飞来飞去整日忙碌的身影，此时此刻，我竟起了一种更深层的感触！我忽然感到，人岂止不如草，有时人不如一只鸟，一只飞来飞去忙着筑巢的鸟！

不是吗？有时候，我们会因为外界的一点干扰，别人的一句逆言而苦恼，耿耿于怀，中止未竟的工作和事业；为生活的辛苦劳累而烦恼，发出"活着真累"的声声重重的叹息；为自己未能按时晋升高一级职称而伤心落泪，怨天尤人；为工作的一时不顺不称心而牢骚满腹；为没有同龄人的富有而急躁与焦虑；为一丁点的失败而轻言放弃，而一蹶不振，沉沦不起；为……滚滚红尘，又有谁没有遭遇过这样的尴尬，有谁不在遭受着这样的磨难，这样的心灵的炼狱！

"人不能自立于山水"，其实人又何尝能自立于鸟兽，自立于动物世界！鸟儿尚且知道不断地追寻，不断的失望；不断的失望，再不断地追寻……更何况我们人！

生活中，谁不是一只飞来飞去的鸟？在失望和失败中奋起这才是一个大写的人啊！此刻，当我再次将目光投向那个"筑巢工程"已接近尾声的鸟巢，我笑了……

刹那间，我觉得自己成了一只鸟，正朝着心中的那缕阳光，振动着有力的翅膀，迎着风雨迎着雷电，向前，奋力地飞去……

感 悟 失 落

真正的人生不可能没有失落，一如没有风的大海，没有雷的云朵，没有草的山岭，没有树的高山，一切将变得单调而乏味。

生命的历程中，谁都无法拒绝失落，正如无法拒绝刮风下雨，拒绝电闪雷鸣，拒绝日出日落，拒绝月的阴晴圆缺。谁想拒绝失落，谁就是在痴人说梦，异想天开。

有时失落像一位好客的山里人，失落的大门每时每刻都敞开着，她随时都在伸着双臂迎接每一位过客的进进出出；有时她又像一位长者，严肃地目视着失落者的一举一动；她有时更像是一个顽皮的孩子，在清晨，在傍晚，抑或在某一个瞬间，不经意地跳出，没有商量，也不打招呼，挽着你的手臂，或者一头扎进你的怀里，和你亲昵、撒娇。

失落对每一个人都是公平的。她是那么正直，不管你是不名一文的凡夫俗子，还是富甲一方的富豪，不管你是炙手可热的社会政要，还是什么文化名流，谁都有失落的时候。有的人觉得失落是苦的、涩的，因而憎恨恐惧失落，视之若魔鬼，唯恐避之不及；而有的人则觉得她是甜的、美的，对她格外垂青，甚至对她默默低语，一诉衷肠。

失落是一种心灵的炼狱，是对人生的一种考验。只有经得起失落考验的心灵才能扛得起世间的暴风和骤雨，才能经得起人生的起伏和打击。失落更是认识自我、反思自我、认识他人的一种良机，在失落中反思自己，才能更好地修正自己、提升自己，使自己获得更多更深刻的人生启迪。

失落是一种沉默，是一种成功前的沉默；失落是一种黑暗，是黎明前的黑暗;失落是一座座丰碑,在你每一个跌倒了又爬起来的地方,留下一串串深深的带血的印迹。失落是一服兴奋剂,把失落当作有滋味的美酒,细细品味着她的香醇,会愈发增强我们的斗志。

经历了失落,我们的人生会更加丰富,我们的思维会更加敏捷,我们的心会更加坚强,我们的人生会更有意义。在失落中找到快乐,是一种人生的一种大智慧;在失落中奋起有为,收获的将是一份成功的人生。

奖 励 自 己

看到这个题目,有人也许会纳闷:奖励自己? 开玩笑吧? 其实,这10多年来我之所以能一直坚持业余写作,靠的就是不断的自我奖励。

25年前,师专毕业后我被分配到全五莲最偏远的一所山区中学任教。因为这里地处深山,经济交通都很落后,文化生活匮乏,闲空没什么可去的地方,加之学校内部比较宽松,我又不喜欢扎堆打扑克下象棋,写作便成了我最大的业余爱好和最好的消遣的方式。

刚开始那几年,我的业余时间几乎全部都用在"爬格子"上。那时差不多每隔三两天就有一则短消息、一首小诗或散文、小小说之类的小东西"出炉"。每每看到自己的"豆腐块"赫然登上报刊,或在广播里播出,心里总会生出一阵按捺不住的激动和狂喜,总有无限的快乐和成就感激荡在胸。然而,任何事物都有个发展过程。时间一长,发表的稿件多了,写稿的新鲜劲也就过了。曾有半年时间,我没有写出一篇像样的东西,更没有发表一个字,心里感到空荡荡的。手懒了,手生了,想写出东西便成了困难。没有了成就感和荣誉感,对此我很着急,也很失落。怎么办? 难道自己江郎才尽了不成? 我反复问自己。经过一阵阵痛之后，我又拿起了笔，办公室的灯一次又一次亮到深夜。两周后，我的一篇小短稿终于见报了，那次我竟高兴得像孕妇生了孩子一样，我又重新找到了写稿的快乐。

为了鼓励自己不断写稿，写出好稿，我想了一个办法，那就是及时奖励自己。不管事情小的微不足道，也不管别人认为好笑不好笑，我奖我的。比如发稿了，心里高兴，一个人跑到学校西侧的小河边，让清澈的河水尽情地浸泡我的双脚，让河里的小鱼儿放肆地亲吻我的手臂；来稿费了，我跑到商店、集市，割上一斤红烧猪头肉，来一瓶"五莲小茅台"，约上办公室两个同事，对着酒瓶，你一口我一口地喝将起来，直喝得晕晕乎乎，高呼"哥们，再来一口"；获奖了，到大路上猛跑一阵子，再哼一曲《沂蒙小调》……如此，一天又一天，一篇稿又一篇稿，一步步走到了今天。虽说已过了"而立之年"，到底没写出一篇高质量的稿件，更没有在写作上成名成家，弄出个名末，可有时扪心自问，觉得自己没有虚度光阴，心里坦荡荡的。

奖励自己，因为是百分之百的个人行为，因而也没有了那么多的约束和顾虑。心情到了，兴致来了，好吧，奖励一下自己。不管形式，也不计较内容，奖的自得其乐，奖的乐而忘忧，奖得飘飘然，优哉游哉。

奖励自己，说白了就是自己找因子鼓励自己，自己给自己鼓劲、加油，自己给自己找乐子、寻开心。这些年，正是因为经常地奖励自己，才有了我的几百篇几十万字稿件相继见诸报端，才有了我教学上的点滴成绩，才有了我丰富的现实生活和七彩的人生经历。

其实，不但业余写稿是这样，很多时候，人生更需要如此。是啊，滚滚红尘，能够得到别人奖励的机会能有多少？天天能得到别人奖励的人又有多少？绝大多数人都是凡人，都是小人物，甚至连小人物也不是。平凡的人生也不可能常得到他人的奖励。再说了，人生的路不可能一帆风顺，总有曲折和荆棘相随。可我们生活在这个复杂的人世间，我们的心灵却需要经常受到鼓励的滋润。心灵如果没有了激励和赏识，就会寸草不生，甚至慢慢枯死，并最终成为荒漠。既然如此，就别老指望别人来奖励你，别指望突然天上掉馅饼。累了，高兴了，苦恼了，或找一片绿荫小憩一会儿，或给自己斟上一杯浓茶，或跑到商店买一件时髦的衣服，或到山顶上吼上一嗓子，奖一下自己，放松一阵子，不也是一种不错的人生享受吗？！

奖励自己，它能奖出兴趣，奖出信心和力量，奖出毅力和执着，奖出一份好心情，奖出一种愉悦的精神状态，奖出事业的辉煌，奖出人生一片蔚蓝的天，一片绿色的处女地……

奖励自己，是我的一项生活"小发明"，也算是我的一点人生小感悟；奖励自己，它是人生驿站上的一道美丽的风景，是人生路上的"加油站"，是心脏"起搏器"。奖励自己，这近乎幽默的一种方法，使我平淡的生活变得丰富多彩，平凡的人生变得有滋有味，平凡的人趋向不平凡。

奖励自己，虽是小举措，却是生活的一种智慧。我热爱，并将一如既往地坚持着。

敬畏苦菜花

苦菜花是鲁东南地区最常见的一种野花。每年春末夏初时节，在我的家乡五莲，沟头地堰，山岭溪畔，房前屋后，旮旮旯旯，随便哪一个地方，到处都有它的足迹，都能看到它的身影。它虽然一点也不名贵，也很普通，甚至于普通的让人熟视无睹，但我却对这种碎碎的金灿灿的小花儿高看一眼。

苦菜花是非常泼实的一种花。我喜欢这种花儿，首先是看重它这股子执着的泼实劲儿。不管生存的土地有多么贫瘠，不管和谁相伴相生在一起，也不管从没有任何人来浇水施肥，它从不计较，从无怨言，不择条件，不畏艰苦，默默地生，暗暗地长，该开花时就开花，该打种时就打种，它那么朴实，不做作，这一点恰似我们山里的孩子，这也是我对这花儿留下的最早的印象。

敢为人先、不畏严寒是苦菜花的又一品性，这一点尤使我感到钦佩。惊蛰过后，天空刚滚过一两声惊雷，虽说空气里已开始透出些许暖消息，但大地上仍然是春寒料峭，万物都在瑟缩着，等待春风的到来。然而，稍作留意一下，就会看到房前的屋檐下，向阳的小山坡，小河的右畔……那些憋了一冬的苦菜早已悄悄地勇敢地探出头来，那叶子绿绿的，胖胖的，鲜活鲜活的，忒是招人喜爱。更有那性急的苦菜，从它那锯齿样的叶片下，冒出一两根枝丫，从这些枝丫的茎上，不声不响地开出了第一朵金灿灿的小花，虽然这菊花瓣样的花朵有些小巧精致，但同样预报了春的到来。所以在老家农人的眼里，早已管它叫"报春花"，和迎春花、一串鞭什么的一起成了报春使者的化身。

我喜欢这花儿，还有一个重要原因就是它的不事张扬的个性。它勇敢、执着、朴实，但它绝不好大喜功，炫耀自己。它长的矮矮的，紧贴着地面，常和草儿、碎石块儿生在一起，团结在一起，不挑剔，不刻薄。也许是因为它太矮小的缘故吧，人在远处是很难发现的，就是走近它，有时也需要扒开草丛，才会看到在那草丛里，有一两朵或者是一片两片兀自在那里悄然灿烂地开着，像夜幕上的那颗忽明忽暗的星星，用自己柔弱的躯体努力地点缀着浩瀚而孤寂的土地。

苦菜花全身都是宝。只要人们需要它，它就会敞开自己的胸怀，任凭人们去拿，去取，它总是那么慷慨大方，那么坦荡无私。大包干前，粮食不够吃的，乡亲们就用这苦菜花充饥。那时的苦菜花可真管了大用，"一篮苦菜半瓢粮"就是庄户人家当年生活的真实写照。每逢夏初时节，妇女小孩都会涌到田野里去挖苦菜。母亲常将挖来的苦菜用水洗净，再上锅煮了，拌上一点黄豆面，撒上一把盐粒子，就能做出一锅可口的苦菜豆沫子。闻一闻，香喷喷，苦丝丝，尝一尝，软绵绵，爽口爽心。若是用煎饼卷了，再就上一根大葱，狠狠地咬一口，那种感觉简直是人间的一大美味，给个皇帝老子也不做。虽说久违了，但现在回想起来，仍然是唇腮散香，回味无穷。如今，农民的生活好了，再也用不着用苦菜充饥了，但聪明的山里人已经有人把它开发成一系列极具药疗保健价值的"绿色饮品"——苦菜茶，且香飘海内外。这种茶富含氨基酸、维生素、钾、锌、硒等多种微量元素，可治糖尿病、头痛等多种疾病，并且具有芳香浓郁、口感纯正、苦中带甜、甜中透香、回味无穷等显著特点,深受人们喜爱,不仅丰富了山民的口袋,并且漂洋过海,为国家换来了大把的外汇。

苦菜花也曾带给了我许多的欢乐和知识。小的时候,我和小伙伴们下午散了学做的第一件事就是上坡里挖苦菜喂兔子。苦菜花的叶子、苦菜花根茎处的乳汁是兔子们最喜欢的食物。那时我们一大帮子十几个小孩,每人提着一个篮子或挎上一个筐头子,跑到天夜里、小河边,一边找苦菜挖苦菜,一边嗷嗷地叫,你送我一棵苦菜花,我给你一根马尾巴草,"嘻嘻""哈哈",累了就地往草丛里一躺,玩起了捉鬼子打游击的游戏。一会儿"嗒嗒嗒"地开机枪,一会儿对着远山扯着嗓子使劲地喊啊叫啊,尽情地疯,尽情地闹,要多开心有多开心,叫声、喊声、山谷回音,响成一片,寂静的山野也因了我们这群批孩子的到来搅和得顿时活泼了起来。玩够了累了,小伙伴们一起唱着山歌回到家,将挖来的苦菜花往兔子笼里一扔,小兔子闻到苦菜味赛跑似的从窝里跑出来,争抢着吃。吃完了再逗它来抢,有性子急的,跳起来勾,煞是有趣,特别叫人开心。多少年了,儿时的这种情趣和欢愉场景至今还时常出现在我的梦里。

苦菜花,我家乡的花,你是大山的女儿,你不管是土地的肥沃还是贫瘠,不管是否被人知晓,是否被人重视,你从不落寞,从不浮躁,从不怨天尤人,一代又一代,一年又一年,发芽、开花、打种、枯萎、凋谢!你朴实善良,你勇敢执着,你坦荡无私,你甘愿奉献……你是真正的农民花;苦菜花,你有母亲般的胸怀,你用自己的根、自己的叶子、自己的乳汁,养活了多代人,多少生灵;苦菜花,你是春的使者,美的化身、善的代言人。你以自己独有的方式,告诫人们应该怎样活着,为谁活着,诠释了生命的意义和存在的价值。

苦菜花呀苦菜花,面对你,面对这样的一株花儿,我怎能不油然而生敬意!怎能不被你震撼,怎能不为你折服!苦菜花呀苦菜花,我敬畏你!我愿视你为挚友,把你当导师,日日仰视着你,与你天天相伴,一直到永远。

写到这里,我忽然有一种非常轻松的感觉,抬头望望天,这故乡的天空是那么净,那么蓝。

西点军校的"没有借口"

美国西点军校在世界上久负盛名，它培育了一代又一代名将和军事人才，其中有三千七百多人成为将军，两人（格兰特和艾森豪威尔）成为美国总统。

西点军校有一个久远的传统，就是学员遇到长官问话时，只能有四种标准回答：

"报告长官，是。"

"报告长官，不是。"

"报告长官，我不知道。"

"报告长官，没有借口。"

除此之外，不能多说一个字。比如，长官派你去完成一项任务，但你没能按时完成，当长官问你为什么时，你就只能说："报告长官，没有借口！"

"没有借口！"就是"我错了"，并愿意承担由于自己的过错所造成的后果。但如果你为自己辩解，那就是错上加错。

当我第一次和同事交谈西点军校的传统和做法时，我的这位同事气愤地说：这算什么传统，简直是强盗逻辑，蛮不讲理，不近人情！他的观点是，应当允许没有完成任务的学员对事情原因做出解释，这才是合情合理，实事求是的。但西点军校却不这样做，偏偏要来个"没有任何借口"，的确让人费解。

说实话，第一次读到西点军校的这个传统做法的时候我也很不理解，并且认为是某些管理者出于需要凭空杜撰出来的。但反过来一想，任何存在某种意义上讲都是合理的。西点军校既然这样做，肯定有它的道理。

等我过后冷静地想了又想，当想到西点军校的驰名和它培养出的大批优秀人才时，我眼前一亮，心里豁然开朗。原来，西点军校之所以采用这种方式，根本目的是增强学员在压力下完成任务的能力，培养他们不达目的誓不罢休的信念，让每一个学员懂得"不要为自己的错误寻找借口"，以此激发出最大的潜力，从而创造条件更好地完成任务，绝不是为了为难学员，故意找碴。

"不找任何借口！"这就是西方人的思维、西方人的逻辑。我想这也正是西点之所以成为西点、美国之所以短短二百多年就能在世界上称雄的根本原因所在。

生活中，国人已经习惯了为自己的过错和失误找借口，如此一来，该完成的任务迟迟完不成，该执行的政策得不到有效落实，内耗严重，很多事情停留在表面，往往事倍功半，最终招致失败。西点军校的做法给我们上了深刻的一课。

其实，困难和挫折、错误是每个人成长中的必然经历。西点军校的这个传统启示我们：当我们在工作、学习、或做某件事遇到困难甚至失败时，不要主观不努力客观找原因，不要推卸责任，一味地埋怨别人，埋怨周围的环境，而要多向内，多审视一下自己，从自身找出原因，并加以改进，要客观地认识和对待自己的问题，主动反思、检讨自己的不足，这样才有利于我们改正错误和缺点，有利于我们的成长和进步，有利于事情的完成和事业的成功。

不找任何借口，敢于承担责任，是西点军校学员成长的法宝，是成就一切事情的法宝和先决条件，更是一个有志者、成大事者应有的品质和必备素质。

国人遇事好找借口，西点军校学员则"没有借口"。两相比照，孰更能成事，不言自明。从某种意义上讲，西点人是我们国人的老师。

第99根电线杆

　　两个刚好4岁半的孩子能高高兴兴地走完十多公里的山路,你信吗? 不会是瞎编吧? 在这里,我愿以人格作证,这事千真万确、绝对真实。现在,就让我讲给你听一听事情的经过吧:

　　五一长假,办公室的女教师张老师、王老师决定带着他们各自的孩子(一男一女)到十多公里远的一个小镇游玩。为了增加兴致,锻炼孩子的体质,她们决定一起步行。

　　出发了,两位孩子在母亲的鼓动之下打足了劲,又说又唱,蹦蹦跳跳,开心极了。可是好景不长,她们走了大约走了1.5公里路时,问题出来了——王老师的女儿从没有走过这么远的路了,她趴在路边脸红通通的,一步也不愿意再往前走。怎么办? 正一筹莫展之际,张老师的目光落在山路边的一根根相距100多米远的电话线水泥桩上,她眉头一皱,有办法了。张老师和王老师一商量,便开始为这两个小孩设下了第一个目标:看谁最先跑到第一根电线杆。张老师话刚说完,本来还在路边休息大口喘气的王老师的女儿噌地站起来又跑了起来,张老师的儿子跑得飞快,第一个目标他最先到达。等两位小孩都站到第二个起跑线时,真是出现了奇迹,王老师的女儿劲头十足,她不时还跑在了张老师儿子的前面,最后小女孩先到达到了第二个终点。两个孩子又站在了第三个起跑线上……这次是张老师的儿子赢了。第四个、第五个、第六个……目标开始了……

　　在这一路上,这两个小孩子他们总是跑在大人的前面。有时当他们已早早到达了某一个目标时还会坐下来等大人,带上几分童稚,笑话大人走得比他们慢。两个孩子越跑越有劲,越跑兴致越高。就这样,一路上你追我赶,当电线杆数到第99根时，两个孩子在你输我赢、你赢我输中愉快地走完了十多公里的山路，胜利地完成了他们有生以来的一次"壮举"。

当我听完张老师、王老师讲的这件事的时候，我震撼了：十多公里山路，一万多米，即便是大人一口气走完也不是件容易的事，却被两个4岁多的小孩子完成了，这不能不说是一件"壮举"！我佩服孩子的天真可爱，更钦佩两位母亲的教育智慧。是她们——两位年轻的母亲，将一个看起来难以完成的大目标分解成若干个小目标，才使得孩子完成了人生的一次跨越。

由此我想到了人生。人生在世，有很多个"一万米"在等待着我们去完成，有许多个目标要我们去实现。但是，很多人往往被这"一万米"吓倒了，退缩了。于是，庸庸碌碌、平平淡淡地走完了一生。到头来一无所获，只落了个顿足捶胸，后悔莫及的结果，想来真是可悲可叹。但是，如果我们面对那一个个"一万米""十万米"，面对一道道难以逾越的难关的时候，我们若冷静理智地思考一下，将那么大目标分解成一个个稍微努力就能实现的"一百米""五十米"，乃至"十米""一米"这样的小目标，然后逐一拿下，并持之以恒地坚持下去，我们收获到了何止是"一万米""十万米"，我们将收获更多，我们的人生也将因此变得丰盈而充实。

面对人生的"100根""一千根""一万根"电线杆的历程，让我们脚踏实地地从走完"第1根""第2根""第3根"开始吧，这样，我们不仅会走完"99根""100根""一千根""一万根"，而且会走得更远更远……这样我们也会享受到智慧人生的快乐，我们的人生也会因此而改变，不是吗？

有一种美叫"骨气"

不久前从报刊上看到，北大西洋有一种长年生活在深水里的珍稀鱼，这种鱼有一个脾性，就是宁愿自杀也不愿被抓当俘虏。有一次，一个科学考察队乘坐潜水艇到大西洋海底，正好碰到一大一小两条这种鱼。显然一个是母亲，一个是儿子。考察队非常惊喜，因为全世界到目前为止还没有一个这种鱼的完整标本。他们决定捉住那条小的带回去研究，于是他们抛出了渔网。很快，那条小鱼被逮住了。母鱼见状，转回身，立即冲上去，反复撕咬渔网。在确定救小鱼不成的情况下，母鱼做出一个惊人的举动，冲上去将小鱼猛咬几口，将小鱼咬死。科考队被母鱼的行为震撼感动之后，决定放弃捕捉母鱼。不料，母鱼却一边紧跟着潜水艇不放，一边愤怒地撞击潜水艇，这样一直到了浅水区。就在科考队认为母鱼不会再追赶的时候，奇怪的事情发生了，只见那条母鱼的身体眨眼间发生膨胀，越胀越大，接着只听一声巨响，顿时大片海水变成了红色，水面上四处漂浮着一块一块鱼的尸体碎片。原来，母鱼将体内的鱼鳔胀大，然后突然爆炸，把自己炸得粉身碎骨自杀身亡。

读了这段文字，我心里百感交集。一方面，我为母鱼这种表面看似残忍实则包含大爱的母爱所打动，同时，更为母鱼那种宁死也不让儿子和自己当俘虏的英雄气概所震撼和折服。那几天，我的脑子里一直浮现出母鱼那双愤怒的眼睛和爆炸自杀后大片鲜红的海水和海面上东一块西一块漂浮的尸体碎片。我的眼泪流下来了，为母爱更为母鱼的那种视死如归、宁死不屈的骨气。

写到这里，我蓦地再一次记起很多年前亲眼看见的一只田鼠自杀的情景。那年秋天，地里的农活忙完了，我和二哥到田野里去挖田鼠洞。在一个鼠洞里，我们掏出了足足四五斤板栗和花生。然后，我们藏在一个大石头后面，观看田鼠回来后的反应。果然，田鼠回来了。当老鼠发现自己的过冬粮没了，非常生气，在洞口来回走动。我们决定活捉这只田鼠。刚提着花生出来，田鼠看见我们，并没有逃掉，而是先死死地盯着我们、盯着篮子里的花生僵持了一会儿，正在我们要伸手去捉它的时候，突然，令人震惊的一幕发生了，只见这只田鼠转过身，将头猛地撞向在对面一块大石头上，自杀身亡。

多少年过去了，我一直无法忘记田鼠自杀的一幕，眼前始终晃动着田鼠汩汩冒血、浑身颤抖的样子。我知道，田鼠的死不是负气，而是捍卫自己劳动成果的一种体现。我之所以念念不忘，完全是被田鼠的那种宁为玉碎不为瓦全的骨气所钦佩和震撼。

这两个例子，都是动物自杀的事例。但，我这里绝没有宣扬自杀有理、鼓励自杀的意思，我只是被鱼和田鼠身上在特殊情况下表现出的那种不畏强势，宁为玉碎不为瓦全，不怕死的大无畏精神和慷慨悲壮气概，那种骨气所感染和震撼。我赞美这种骨气。

记得历史学家吴晗曾经写过一篇《谈骨气》的文章，其中引用了孟子的几句话。他说，孟子有几句很好的话："富贵不能淫，贫贱不能移，威武不能屈，此之谓大丈夫。"意思是说，高官厚禄收买不了，贫穷困苦折磨不了，强暴武力威胁不了，这就是所谓大丈夫。大丈夫的这种种行为，表现出了英雄气概，我们今天就叫作有骨气。吴晗先生是非常钦佩和赞扬这种骨气的。

《礼记》记载的那个"廉者不受嗟来之食"的故事更是生动地诠释了什么叫"骨气"：齐国闹饥荒，有个叫黔敖的人在路旁准备了饮食救济挨饿逃荒的人。一个饥民拖着鞋慢慢地走过来，黔敖便大声吆喝道："喂！来吃吧！"饥民说："我正是由于不吃吆喝这一套，才饿成这个样子。"终于不食而死。对那些不尊重人的食物即便再美也不吃。这是一种何等的精神和骨气！

东晋后期的大诗人陶渊明由于看不惯官场上的那一套恶劣作风，不久便辞职回家了。后来，他还陆续做过一些地位不高的官职，过着时隐时仕的生活。陶渊明最后一次做官的那一年出任彭泽县令。有一次，上级派人来了解情况。有人告诉陶渊明说：那是上面派下来的人，应当穿戴整齐、恭恭敬敬地去迎接。陶渊明听后长长叹了一口气："我不愿为了小小县令的五斗薪俸，就低声下气去向这些家伙献殷勤。"说完，弃职而去，便永远脱离了官场。此后，他一面读书为文，一面参加农业劳动。后来由于农田不断受灾，房屋又被火烧，家境越来越恶化。但他始终不愿再为官受禄，甚至连江州刺史送来的米和肉也坚拒不受，最后在贫病交加中离开人世的。

他原本可以活得舒适些，至少衣食不愁，但那要以人格和气节为代价；于是他选择了缺衣少食的贫困生活。有得必有失。陶渊明获得了心灵的自由，获得了人格的尊严，写出了一代文风并流传百世的诗文。在为后人留下宝贵文学财富的同时，也留下了弥足珍贵的精神财富。他那不为"五斗米折腰"的高风亮节，成为中国后代文人乃至所有中国人的楷模。

南宋末年，文天祥在面对一次次的诱降中，仍然昂首挺胸，不让敌人的诱降戕灭自己的灵魂。在多次诱降中，为了朝廷的名誉，文天祥屹立不动，身形俨如一尊山岳。当时整个国家都已姓元不姓宋了，可文天祥仍不屈服，当时只要他的膝盖稍微那么一弯，立刻就可以获得高官厚禄，乃不至于客死异乡。可他却断然拒绝了高官厚禄。文天祥可谓是有骨气的代表。

散文家朱自清宁死不吃美国救济粮的故事同样体现了一个中国文人的骨气。朱自清晚年身患严重的胃病，他每月的薪水仅够买3袋面粉，全家12口人吃都不够，更无钱治病。当时，国民党勾结美国，发动内战，美国又执行扶助日本的政策。一天，吴晗请朱自清在"抗议美国扶日政策并拒绝领美援面粉"的宣言书上签字，他毅然签了名并说："宁可贫病而死，也不接受这种侮辱性的施舍。"这年（1948年）8月12日，朱自清贫困交加，在北京逝世。临终前，他嘱咐夫人："我是在拒绝美援面粉的文件上签过名的，我们家以后不买国民党配给的美国面粉。"朱自清一身重病，宁可饿死也不领美国的"救济粮"，表现了中国人的骨气。贫贱不能移的骨气在朱自清身上体现得淋漓尽致。不吃美国"救济粮"不仅是高贵人格的表现，更是国格的表现。

毛泽东非常推崇鲁迅，说他是"现代中国的圣人"。毛泽东之所以给鲁迅如此高的评价,除了对崇尚鲁迅的文章和革命精神外,还有一条就是鲁迅身上那种特有的"骨气",那种民族气节,那种忧国忧民的精神。因此,毛泽东称赞说"鲁迅的骨头是最硬的"。而这种硬骨,是"殖民地半殖民地人民最可宝贵的性格。"

从动物中的母鱼、田鼠身上,从孟子的言论中,从黔敖、陶渊明、文天祥、从朱自清等人的身上,我们看到的是一种悲壮的美、一种慷慨的美、一种骨气的美!

人是需要有一点精神的。这种精神在做人方面,首先就是要有骨气。骨气,乃谓之刚强不屈的气概.当我们受到侮辱时,我们要体现我们的骨气;当我们面对诱惑时,我们要有骨气坚守阵地;当我们面对强硬而又"无理取闹"的命令时,我们应展现我们的骨气。

自然界中很多动物都有骨气,为了不做俘虏,宁肯死也不生;漫长的华夏文明中,很多先人都为我们做出了有骨气的表率和榜样,然而,时下生活中,有不少人却没有了骨气。

君不见,有的人为了谋得一官半职,宁肯给某些官老爷当奴才当看门狗,整日奴颜婢膝,一副可怜相,完全没有了人格尊严,活脱脱一条哈巴狗。这些人信奉的是:有奶便是娘。先当奴才再当主子,先站着再坐着。

君不见,有的人为了钱财,不择手段,甚至违法犯罪,甚至不惜出卖个人人格和国格,丧失了做人的底线和基本的原则。在他们的眼里有钱就有一切,谁给钱就听谁的。

君不见,有的人为了美色,不顾男人的尊严和做人的道德,不惜大把地花票子、买车子送房子,全没了廉耻。

君不见,有的人一味崇洋媚外,言必称外国,认为外国的东西就比中国的好,甚至认为外国的月亮也比中国的亮。对洋人毕恭毕敬,甚至跪倒在洋人脚下,丢尽了国人的脸。这些人没有骨气,丧失人格国格。

老人们常教导我们:"活就活出个人样来。"什么是"人样"?当英雄、做学问、光宗耀祖、扬名立万……当然没错。可是经历了多少风霜雨雪、荣辱沉浮之后,才明白老人期盼的"人样"其实很简单:一副铁骨,一身正气,就能利利索索地撑起一个"人"。

骨气不是面子，也不是冲动，更不是固执，而是一种尊严，一种气节，一种操守，一种信念，一种精神；骨气是立足的根，是活人的本，骨气是一种气贯长虹的大美！

水仙花的另一种爱

单位发了两枚水仙球，一大一小，外边被棕褐色的洋葱皮包裹着。其中，小的那枚的顶子已经冒出了尖尖的芽。那芽翠绿的很，一看我就喜欢上了。捧着这两枚大蒜头状的水仙球颇有些爱不释手的感觉。

我这人年龄不大，平时只两样爱好：一是写写文章，二是喜欢养花种草。但对水仙花的养殖却缺乏基本的知识和经验。把玩了一会儿，我把那枚大的水仙球放在一个红色的塑料花盆里，把那个小的水仙球放在白色的塑料盆里，正一个人津津有味地欣赏着。

对桌办公的老李见状，说：要想让这水仙花开得早、长得好，最好是先把它们的包皮去掉，再用小刀在它的一侧削出一块，露出里面的嫩芽，但切不可伤了芽，否则就发育不好了。虽然知道老李是养花的行家，但我心里却想：你把它的包皮削了，那不人为地伤害了它？抱着将信将疑的心理，我把那枚小的水仙球取出递给他。老李很高兴，拿起小刀，兴奋地做着示范。我见老李先是将水仙的外衣一层层剥掉，又在水仙球一侧刻出了厚厚的一片，心里有些心痛和不忍，但也不好说出口，直到老李削完一枚，又拿起另一枚，我赶紧阻止他。老李说，这水仙喜欢新鲜水，水要常换换。

此后，每天得空就看上两眼，放松一下神经，并且每隔一段时间就换一次水。事实胜于雄辩。不久老李的话应验了：那枚被削过的小的水仙不几天就发

出了三四个嫩芽，而那枚没去皮的大的水仙却迟迟没有发芽。

又过了些日子，那枚小的水仙在我的注视中渐渐长大，长出了一揸长的叶片，并相继开出了两三丛洁白的小花，伞状的花朵顶在叶端，散发出幽幽淡淡的清香，沁人心脾。而那枚大的则刚刚长叶，且叶片咕噜着，直到十多天后，这才慢慢开出了一些小花。

看着眼前一盆已经开得蓬蓬勃勃、一盆却正慢慢开花的水仙花，我心头突地一颤，竟然有了些许感触：两盆原本一样的水仙，却因为我的缘故，那盆原本为球的时候个头较大的水仙长势却远远落后于那枚小的了。可我原本是出于对它的爱，才阻止了李老师对它的"伤害"呀！对水仙来说，这种"伤害"也是一种爱。

生活中，有些事乍一看是一种"伤害"，换个角度看，其实这种善意的"伤害"也是一种爱，而且是一种真爱、大爱。

无 名 树

这是一所小有名气的花园式学校，也是一所以文化立校为特色的山村中学。20多年前的那个春天，我来到这所学校任教。一进校门，我就被这里优美的校园环境所吸引：这里角角落落，到处都是花草树木，有的花盛开着，有的正含苞待放，树木有高有矮，错落有致，整个一个大植物园。但我很快发现了一个有趣的现象，在我的办公室的窗前，有一株不知名的小树，树高不足一米，整株树都干枯着，浑身黑不溜秋，活像被火烧过似的，树皮有几处车裂着，露出惨白的肉，活脱脱一棵干枯的老头树，在百花盛开的校园里它是那么丑陋、刺眼，那么不相称、不和谐。

看惯了花红柳绿，我对这棵半死不活的树越来越有一种特别扭、特不顺眼的感觉，觉得它迟早会枯死。时日一长，我竟产生了要砍掉它，换上我最喜欢的桃梅的想法。当我自作聪明地将这个想法作为一条建议提交给校长的时候，没想到我的话音刚落，这位头发花白的老校长竟激动万分地说："怎么？砍掉这棵树？它可是我们校园文化的重要一部分，它对孩子们的影响可大着来。"见我诧异，他换了一种语气，接着说："小伙子，等着瞧吧，它一定会给你一个惊喜。"说着老校长无限爱怜地看着这棵树，眼神里写满了慈爱，就像一位母亲在欣赏自己的孩子。这样过了好久，老校长才慢慢离开。

对老校长的这番话我将信将疑，懵懵懂懂：一棵枯树对一所学校能有多大价值？它也能构成校园文化的一部分？它会给我一个惊喜吗？不可思议，匪夷所思。我轻轻地摇着头，走进教室。

日子就这样在我的疑惑中一天天过去了。那棵树也伴随着日出日落从我眼前走过来走过去。我天天等着它，无时不想验证一下老校长的话。可它根本没有像老校长说的那样给我一个惊喜，我越发对它失望了。一连数日，我都不屑看它一眼。

直到有一天，有位同事说："快看，发芽了！"我这才懒懒走过去，一看，哇！它真的发芽了！"不可思议，不可思议！"我惊呼起来。我开始对它产生了好奇，产生了新的希望，因为我要亲眼看看这棵枯树到底开不开花。

从那天起，我投到这棵树的目光多起来，有时甚至注视起来。一天、两天过去了，三天、四天过去了……日复一日，月复一月，在百花开始凋落、繁华不再的深秋时候，它居然悄无声息地开花了！一朵、两朵，三朵、四朵……短短几日，竟然开出了一树火红火红的花！开得那么旺盛，那么执着，那么火爆！那哪里是花，那是一树的火啊！面对这一树的火，一树的红，我惊诧了：一棵看似干枯的树，哪来这么大的热情，哪来如此旺盛的生命力！我震撼了，激动了，我不知道说什么好了。但我仍然不明白，老校长为什么单单对这棵树情有独钟？带着这个疑问，两年后，我恋恋不舍地离开了这所学校。

十几年后的一天，当我再一次来到这里，目光再一次凝神于这棵已经长成大树的无名树的时候，我忽然想到，其实每一棵树都有它自己的生长规律，都有它存在的理由，也都有它生存的权利和生活的状态。正是这有着不同生长规律的树和生长状态的树，才使得校园月月有花、四季常绿，也才有了这个花园式山村学校，有了这么好的学习生活环境。对待这些树，只要你耐心地等待，细心呵护，即便是一棵貌似干枯的树，也会蓬蓬勃勃地生长，也照样会给你一份惊喜。

树是这样，学生不是更如此吗？！每一个学生都是有血有肉的人，都有着鲜明的个性，只不过每个学生的个性发展不同，有的聪明些，有的反应慢一些，有的学习好一些，有的差一些，有的进步大些，有的进步小些，有的守规矩些，有的调皮捣蛋些。这又能怎么样？世界本来就是这样。芸芸众生也是这样。正因为有了各种性格和特点的学生，我们的校园才更加充满生机和活力，这些孩子才更加可爱，我们的校园才越发可爱。我想，只要教师对每一个孩子都有足够的耐心，都能将爱平等地分给每一个学生，那么相信每一个孩子都能学好，每一个孩子也一定都能成才。这是不容置疑的。想到这里，我猛地想起老校长当年的那番话，刹那间，我一下子明白了老校长偏爱这棵树的原因，也明白了为什么那所偏僻学校会出了那么多人才的理由。其实，老校长哪里是偏爱！在他的眼里，每一棵树都是好的，在他的心里，每一棵树他都钟爱。

在以后的教学生涯中，我自觉不自觉地关爱着我的每一棵"小树"，我为他们的喜而喜，为他们的忧而忧。说不清到底有多少学生从我的手里走出大山，成长为天之骄子，成了对社会有用的人才。看着这一切的一切，我喜我乐！觉得日子每一天都过得那么充实有意义。

转眼20年过去了，老校长的话一直回响在我的耳畔，虽然到今天我仍然不知道这棵树的名字，但这并不重要。因为我懂得了，即便是一棵无名的看似干枯的树，也一样值得我们去爱去期待。

那一声吆喝

一声善意的吆喝算不了什么，但他也许会温暖一个人的一生，甚至改变一个人的一生。

——题记

"谁家的太阳能漏水了！""谁家的太阳能漏水了！"……每当听到这吆喝声，一种如沐春风的感觉突地涌上心头，那一刻仿佛一缕阳光正照在我的身上，周身溢满了浓浓的暖意。

这声声吆喝，发自我住的那栋楼下。有时是在早晨，有时是在中午，有时是在晚上，有时……有时三四声，有时只是一两声，但每一声里都包含了善意的提醒和殷殷的叮咛。我就是听着这样的吆喝声送走了一天又一天，一年又一年。岁岁年年，年年岁岁，对这声声吆喝，我却百听不厌，甚至越来越喜欢。

我们那座家属楼，五层楼里一共住着50多户教师。为了用热水方便，几乎家家户户都安装了太阳能。可是，问题也就出来了。经常有些户灌水时忘记了关水龙头走了，或者太阳能水管破了，结果不是今天这家家里泡了汤，就是明天那家把整个楼道、楼后弄得"水漫金山"。尤其是冬天，楼下淌满了水，结了厚厚的冰，骑车、行路你得小心翼翼，非常不便，也招来了不少怨言和不满。记忆中，有个冬天，有户人家跑水，流了楼后满满一地，结了厚厚一层冰，有个老人路过不小心摔倒，幸亏没有造成受伤。这样的惊险故事，在吆喝声诞生之前，几乎每年冬天都曾发生过多次。

记不得从什么时候开始，楼下有了吆喝声。只记得那天我正在吃晚饭，突然听到楼下传来"谁家的水龙头忘关了,漏水了!"的吆喝声。我赶紧去看自己的水龙头,发现一切正常,然后坐下接着吃饭。虽然不是我们家,但我却在心里油然产生一种敬意和感激。从此我开始留意这声声吆喝。一次两次之后,我终于弄明白,这吆喝声不是别人,而是一楼的一位退休老教师。

说来惭愧,曾经有一两次,我给太阳能灌水,心里想着千万别忘了关开关,可转眼就忘了,一家人正乐呵呵地看电视聊天,突然楼下响起熟悉的吆喝声,赶紧起身一看,不得了了,那水早流到了楼下。我一边关开关,一边感激地望着楼下,可那位老教师早已不见了。

从此,伴着老教师的声声吆喝,漏水的人家少了,冬天跌倒摔倒的少了,人们的脸色也好看了,气也顺了。

也许是受这位老教师的影响,我也不知不觉地加入了吆喝的行列。至今我还清楚地记得第一次吆喝的情形:那天早晨,刚走到楼下,冷不丁发现巷子里湿了一大片,抬头一看,原来水管正哗哗流水,不用说,又是哪户忘了关水管。是喊还是不喊?这时我想起平时那位老教师的吆喝声,经过一番思想斗争,抱着羞怯的心理,我终于喊出了第一嗓子:哎——谁家水龙头忘关了?虽然没有人回应,但我却为自己的这一嗓子感到兴奋和自我陶醉、飘飘然。因为,我为别人做了点什么,虽然微乎其微,但我做了,这就够了。

时日一长,渐渐地,我也像那位老教师一样,养成看见巷子里淌水就喊的习惯。我觉得,正是这简简单单的吆喝,不仅提醒了很多住户注意节水,并且帮助我改掉了说话害羞张不开口的毛病,这是我所没有想到的,也算是意外的收获吧。

现在,我们那座楼的老住户不少人搬走了,但又有一些新住户来了,忘关水龙头、漏水的事仍然时有发生,我和那位老教师的吆喝声也就始终没有停止过。这期间,虽然也曾有极个别人说我们多管闲事,又没人给钱,但我却依然坚持着。因为我知道,不管社会到了什么时候,总有一些闲事需要有闲人管,也必须有人管,这样我们的邻里关系才会更和睦,我们的社会才会更和谐。我愿做这样的人,无怨无悔,一辈子!

第六辑 / **可爱的家乡**

大滴水小记

　　大滴水在山东省五莲县洪凝镇闫家南山村村东，距县城约15华里，是继"三山"（五莲山、九仙山、大青山）、"一寨"（李崮寨）之后，崛起的又一处新的旅游景点。它们一并称为五莲"三山一寨一滴水"，共同构成了五莲旅游业的基本框架。

　　大滴水之所以被作为五莲新兴的旅游景点，以我之见，主要原因有三：一是石怪，二是水美，三是故事传说多。先说大滴水之石怪在何处。大滴水说穿了就是一座东西走向呈弧形的一处大断崖，断崖质地为黑色页岩，宽68米，高度36米。如此规模和形状的大断崖在方圆数百里之内绝无仅有。更为奇特的是断崖的右侧石壁上有一个大石门，高6米，宽4米，与地面倾斜成45℃角，轮廓非常清晰，粗看如同人工雕琢的一样，细观方知是天然形成的，当地人称之为"大滴水石门子"。还有，在断崖的腰部，虽是寸土不生，但却生长着七八株粗大的野杜鹃，暮春时节，杜鹃花开，红艳艳的一排，如起火一般，十分扎眼，令人称奇。

　　再说大滴水"水之美"。五莲多为干旱少雨天气，但不论天多么干旱，纵然别处水枯龟裂，在阳春三月、四月间，这里却常年滴水不断，山泉水叮叮咚咚，如仙人奏乐一般，清脆悦耳动听。风起时，细流从崖顶淙淙而下，化作雾气，在崖间飘荡，人便如在虚无缥缈中，颇有几分腾云驾雾的感觉。从崖底往上看，只看到半圆形的锅底大的一块天空。大滴水终年照不进一丝阳光，气温偏低，非常凉爽，喘口气也觉得痛快，酣畅淋漓，但因太过阴凉，不易久居。盛夏六七月份，洪水从崖上如青龙般飞奔而下，轰轰作响，如虎吼雷鸣一般，声震天地，数里之遥都能听得清清楚楚，瀑布之大，场面之壮观，颇有点四川黄果树瀑布的气势，观之令人震撼。大滴水常年气温偏低，比四周低约5～6度，是一座天然的巨型大冷风库。即便盛夏此地仍有阵阵寒意。冬日冰雪不易融化,大约从阴历的11月,到第二年的5月底前,崖壁上均能看到厚厚的冰川,特别是寒冬腊月,崖壁全被冰川覆盖,白茫茫亮晶晶一片,有的地方上搭下挂,似钟乳石一般;有的如树木,紧贴在崖上;有的又像正在往崖上攀登的狮子……栩栩如生,千姿百态。不能不令人赞叹大自然的神奇造化。

有关大滴水的民间故事传说甚多,其中最有名的有二:一是大滴水的由来,二是石门子的传说。关于大滴水的由来流传着一个与汉高祖刘邦有关的传说。秦朝末年,刘邦与项羽争霸天下,相传二人曾在大青山一带发生激战,刘邦的大刀都被砍钝了,就在街头驮儿山上的一块大石头上磨刀,磨完后为了试试刀锋,转身朝南山村东的山岭上砍去,随着轰隆一声巨响,只见金光四射,巨石横飞,形成现在的大断崖。刘邦称帝后,后人为纪念刘邦的丰功伟绩,就把他曾磨刀的巨石称作磨刀石,把大断崖称作试刀崖(后来演变成大滴水)。

关于石门子,在当地有一个流传着一个动人的美丽传说。相传很久很久以前,闫家南山村东大槐树下,住着一位非常美丽的姑娘。姑娘姓闫,从小父母双亡,以养蚕织布为生。闫姑娘不但人长得漂亮,并且勤劳善良,人们都说这姑娘有一副菩萨心肠。姑娘的美貌和声名远播四方,慕名求亲者络绎不绝。在闫家南山村南二十多里地,有一个名叫杌子的村庄,村里有一个绰号"白眼狼"的财主,早就对闫姑娘的美貌垂涎三尺,曾几次托人上门提亲,并许以重金,不料都被闫姑娘严词拒绝了。财主恼羞成怒,偷偷进村抢人。财主遣送一帮爪牙,悄悄潜进姑娘的家。闫姑娘突然从梦中惊醒,即刻意识到来了歹人,赶紧从后窗跳出逃走。财主的爪牙发现了拼命追赶。姑娘怕惊扰了百姓,匆忙中跑到村东的悬崖边上。姑娘冷笑一声,纵身跳下悬崖。家丁们前脚刚走,正好八仙之一的吕洞宾路过这里,将其芳魂收起,用手指一挥,在崖壁上画出一扇石门,用掌缓缓推开,把闫姑娘的魂魄安放在里面。之后,吕洞宾留下三只石盘子过海去了。

吕洞宾走后,闫姑娘的魂魄竟变幻成形,芳魂复生成了仙姑。闫家南山村的百姓都知道了闫姑娘已成仙人,他们纷纷前来烧香磕头,对仙姑顶礼膜拜。因感念吕洞宾的搭救之恩,仙姑经常用石盘子盛着药物、吃食救济穷人。只要谁家有难，不管是孩子生病还是缺吃少穿，只要对着石门喊一声："石门石门，借个盘子，救救苦命人。"仙姑就会借给石盘子，回家保准心想事成，要药有药，要粮给粮。不过借的盘子必须在三日内归还。打那以后，前来取药借盘子的穷人络绎不绝，仙姑每次也都一一应验。就这样，仙姑解救了不少的穷苦人。为了答谢仙姑的恩情，善男信女们在石门的一旁建了个小庙，供奉仙姑。大断崖从此香烟缭绕，香火日盛，一时间名声大振。

此事很快传到杌子村"白眼狼"耳里，他乔装打扮成穷人模样，到石门前诉说家中不幸，想借仙盘一用。"白眼狼"的花言巧语，终于骗得了仙姑的同情，将石盘借出。"白眼狼"骗得石盘后，匆忙赶回家中，对着仙盘要这要那，仙盘都一一应验。财主贪心不足，不觉三日已过，仙姑见仙盘未还，掐指一算，顿时恍然大悟，悔恨自己上当受骗，将仙指一挥，收回了石盘的法力。"白眼狼"见盘子不再灵验，气急败坏之下，将盘子照准门前的石磴狠命地摔去。只听轰隆一声巨响，"白眼狼"被炸得粉身碎骨。仙姑被骗很是伤心，担心再被恶人利用，遂将石门关闭，再也不向外借盘子了。那年这一带遭遇了特大旱灾，百姓望天兴叹，祈求仙姑仙灵。突然，大断崖处传来"叮叮咚咚"悦耳的水响。只见亮闪闪的水滴正一滴一滴急匆匆地往下流，人们激动万分，捧起水就喝。奇迹出现了，本来长年咳嗽喝了这水之后立时不咳嗽了，常年头痛脑热的喝了不头痛了，就连自小失明喝了竟也复明了，连哑巴也会开口说话了。人们都说这水是仙姑的眼泪变的，是她不忍看到百姓受苦，将自己的眼泪化作泉水，解救穷人。打那以后，大滴水从此经年滴水不断，成为奇观。人们为了感念仙姑的善行，就将常年流水的那座大断崖起名大滴水，并重新在大滴水右侧建了一座高大的仙姑庙，常年香火供奉。村里的老人讲，新中国成立前，诸城、莒南等地的善男信女经常有人前来上香，并在仙姑庙前扎台子唱大戏。可惜仙姑庙在"文革"中被毁，现在只有一些残砖断瓦散落在那里，可以从墙基处依稀辨出当年仙姑庙是何等的庞大。

以前，由于受经济条件的限制和交通闭塞等的缘故，大滴水并未引起人们的瞩目。不过近几年，大滴水因其自身独特的小气候、奇异的自然景观，加之其南靠七连山老母阁、大马棚等景点，有着巨大的潜在的旅游和生态价值，引起了当地政府和有识之士的重视。猴年伊始,镇政府和闫家南山村广泛吸纳民间资金,对大滴水一带开始进行保护性开发,方圆数十里地全部新植了各种树木,并建起了供游人休憩观光的微型凉亭,大滴水的名气鹊起。随着人们旅游观念的改变,早已看惯了名山大川的人们悄然兴起了一股就近旅游的热潮,许多城里人,还有到五莲出差的人,都陆续来到大滴水一观。他们或在曲折的羊肠小道上走一走,或轻轻地呼吸一口原汁原味的山涧的空气,或侧耳细听呼啸山涧的松涛声,或品尝一口清凉可口的山泉水,或者采一朵遍地盛开的山花,或听一听仙姑的故事,或感受一下大断崖夺人魂魄的气势,领略一下"宠辱不惊任庭前花开花落,去留无意任天上云展云舒"的人生境界,倒也妙趣无穷。

如今,寂寞了数十年的大滴水在五莲已成了一处人们闲来观光旅游、放松心情的又一绝好去处。也许再过三五年,大滴水定会名动日照,声播齐鲁。我也一定会再次畅游大滴水,尽览大滴水之神韵。

神奇瑰丽驮儿山

在我的家乡——山东省五莲县街头镇南西峪村北、坊子村东面,矗立着一座似老翁背负婴儿的高山,常吸引旅客和路人侧身仰望,凝神细思,这就是当地有名的驮儿山。

驮儿山因主峰与山后小峰紧密相连,状如老翁负子而得名。又因整座山峰似一匹昂首竖尾、中间平缓且有突峰的骆驼,《齐乘》称其为驼山。历代文人游览此山后曾写下大量诗文。清光绪《日照县志·艺文志》中即有丁守健《过驮儿山》诗一首:"慈父娇儿两意欢,朝朝褓负列岗峦,天公绘出劬劳象,常遗人间孝子看。"

驮儿山虽然没有五莲山、九仙山那么出名,但又每一处景点都颇有特色,更兼有神奇的民间故事,使得这座山越发神奇俊秀。传说中首推"宁打和尚别打寺"。据说有一年,山上滚下一块万斤巨石,朝着山下的寺庙砸去。有人发现后高声喊道:"打了寺,打了寺!"提请寺内防范。听到喊声,从寺内急忙走出一住持和尚,朝那块石头跪下,口中念念有词:"阿弥陀佛,打我和尚别打寺。"这石头到了他跟前,立即停住不动了。从此这和尚庙便叫起打了寺。和尚以身护寺的事迹,感动了方圆数百里的百姓,人们纷纷捐资,扩建了庙宇,请来了佛爷、龙王和十八罗汉塑像,使打了寺成了规模宏大的名寺。遗憾的是,寺庙毁于战乱,只剩遗址。那块滚下的石头已被开采利用,早已无处可寻。

秦王无字碑可算是鬼斧神工,妙趣天成。它矗立在山前一面高坡上,约有五六米高,酷似人工雕琢的石碑。在这里流传着一个秦王赶山的故事。传说当年秦始皇来山东巡视,路经这里,正赶上这地方发大水,驼儿山西边洪水被山拦住,成了一片汪洋,挡住了秦始皇的去路。东海龙王的小女儿看上秦始皇,偷偷从龙宫盗出神鞭,送给秦王,秦王借助神鞭,刷刷刷,就将大山辟为两段,抽出现在的石门口子。洪水泻下后,淹在水中的北、中、南三个西峪都露了出来。这一鞭抽出两座山,一座是驼儿山,另一座是路南的石人山。人们为了报答秦始皇和小龙女,把那块天然的石碑称为秦王无字碑,并在山上建起了秦王寺,塑上秦王像,供世世代代人供奉。可惜秦王庙毁于"文革",而今仅有几块断墙残垣留在那里,默默诉说着秦王的功德。

大小鹁鸽崖可谓是驼儿山的一景。这里的陡峭险要,曾是鹁鸽们的乐园,因而得名。相传铁拐李治理好九仙山之后,经常来这里练功学法,久而久之,他的身体就和这座山峰融为一体,化成现在的样子。他的真身则从山后大光崖上,顺着蜡杆滑下山去,加入"八仙"之列漂洋过海去了。他留下的虽是假身,也是对驼儿山的报答。它永久地矗立在这里,保护住大山永不受妖魔鬼怪侵扰。

石浪是驼儿山独有的景观。在山半腰,随处可见一块块圆滑的巨石似从山顶流淌下来一般,形成一道逼真的石浪,一石多层,形成石上叠石,让人觉得恍如进入了海底世界。据说很多年以前这里曾是一片汪洋,只是秦始皇赶山之后,海水南退300里,这里才成了陆地。传说而已,不足为信。

磨刀石是驼儿山最高的一块石头,方圆几百里内清晰可辨。石高达二三十米，宽二十几米，靠阁的一面似一刀切成，光滑如砥，若是想从西面到达此石异常艰难，简直难于上青天，不过从东面爬就容易得多。传说这是供秦始皇磨剑之用的磨剑石，也称望海石。它面朝东方，似翘首远望东海。每当夏秋阴雨天气，驮儿山顶雷声隆隆，声势骇人，老人常吓唬小孩："别哭，老天爷在磨刀石上磨刀子，磨完刀子就下来。"小孩子自然不敢再哭闹。

在驮儿山的磨刀石下，有一个碗口粗的竖洞，当地老百姓叫海眼。据说，这个海眼直通东海。传说有一年有个打柴的不小心把扁担掉进这个洞里，几个月后这个人到东海去，一个偶然的机会发现了这根扁担。驮儿山通大海的事由此传开。到底通不通东海无人知晓。

驮儿山不单是风景胜地，而且也是革命圣地。在这里流传着农民领袖厉应九反洋教的故事。清末，德帝国主义侵占山东后，在驮儿山前的后街头村建起一座教堂，洋教士薛天资在此以传教为幌子，欺压当地农民，被坊子村农民厉应九联合驮儿山一带18个村庄的农民惩治。厉应九带领数千民众在驮儿山上安营扎寨，此举惊动了清朝官府，派兵镇压，官兵将驮儿山围得水泄不通。义军退到山顶扯起大旗，用雷木滚石打退清兵的进攻，但终因寡不敌众，起义失败。厉应九则顺着鹁鸽崖，骑着双手握着花枪蜡杆子，从山后大光崖上滑落下来，落在沙土坑里，在青草棵的掩护下遁走。

这次反帝反清斗争离现在长达百年，虽遭失败了，但驮儿山下人民不屈不挠的斗争精神永远载入史册，激励着千千万万的后来者保卫和建设自己的家园。早在抗日战争时期，就在这里建起根据地，滨北、日北的区、县机关，滨海主力部队曾先后在这里驻扎过。

慈父娇儿两意欢，神奇瑰丽驮儿山。也许是沾了大山的灵气，驮儿山一带的人们个个勤劳善良、家家老少和睦，人人过着平安和谐的生活。随着五莲旅游事业的兴旺，相信驮儿山在不久的将来一定会走出五莲，名满天下。

 灰天鹅之恋

在莲山脚下有一座只有十几万人口的山城，小城西北角上有一个不大不小的湖泊。这里水草丰茂，鱼虾成群，许多叫不出名字的水鸟在这里自由地飞起又落下，落下又飞起。水光、飞鸟、游鱼、水草……构成了一幅美丽的山水画。秀美的湖光山色吸引了众多游客的目光。

在小湖边上，常年停靠着一只小小的乳白色的游船。游船小的仅容得下十几个人乘坐，远看就像一只美丽的白天鹅停在水面上。微风徐来，游船轻轻地晃动着，这只"白天鹅"的头一低一抬，成了一只活生生的白天鹅。每当星期天、节假日，人们纷纷携妻带子，来到这里，乘兴登上这只小船，在平静的湖面上来来回回，尽情地嬉戏、玩耍。人鸟共处，其乐融融，宛如人间仙境一般。

一个艳阳高照的秋日，一只年轻漂亮的灰天鹅扇动着翅膀来到这里，栖息在护岸上。以前，这里从没有出现过灰天鹅。这只灰天鹅的到来立时引起了人们的极大兴趣。人们纷纷把美味的烤面包沫、鲜嫩的蔬菜叶抛向它，让它尽情享受这人类的友善和真情。

可是，令人奇怪的是，对人类的热情和友好它似乎并不怎么领情。它独自一人，在湖面上飞啊飞啊，一忽儿贴着湖面悠悠地飞，一忽儿又倏地插向半空，一忽儿……它飞起落下的动作是那么美丽，像飞行员在作特技表演，又像故意在炫耀着什么。它"够嘎够嘎"叫着，叫声是那么雄壮，那么令人振奋。有时它轻轻地"够拉"一声，像恋人在娓娓低语，有时又默默无语，孤独无助……但，谁也听不懂它到底在叫着什么说着什么。它的表情有时那么高兴，那么亢奋，有时又很忧伤，很黯然，有时……

　　人们继而发现，从来的第一天起，这只年轻的灰天鹅的踪迹不离那只游船左右，它靠得那么近，那么亲密。有时低语几句，有时像个调皮的孩子，正飞着，突然用翅膀拂一下船体，然后赶紧躲开，有时用尖尖的嘴巴轻轻亲吻一下船头。它是那么执着，不管风吹雨打，不管烈日暴晒，也不管游人轰它，它兀自围着那只"白天鹅"盘旋着，飞舞着。它的执着让所有游客感动。

　　然而，有那么几天，人们发现，这只灰天鹅叫声嘶哑，明亮的眼神黯淡下来，飞行变得迟缓，整天趴在岸边的草丛里，恹恹地，几乎一动不动。然而，它的头颅却一直高昂着，目不转睛地注视着湖中那只漂亮的"白天鹅"。

　　这只灰天鹅的行为引起了越来越多人的关注。也不知是谁说了一句"这只灰天天鹅怕是恋上白天鹅了"。大家这才如梦初醒。"灰天鹅恋上游船"的故事像灰天鹅的翅膀一样，迅速传遍了小城的角角落落。很快，省市县新闻记者来了，这只灰天鹅连同那只游船频频出现在电视画面，上了报刊头条。人们都为这只执着的灰天鹅的恋情打动，纷纷献计献，想尽办法，拯救这只生病的灰天鹅。可是谁都没想出一个合适的方案。

　　天鹅之恋惊动了省城一位资深鸟类专家。他匆匆忙忙来到小城，来到这只灰天鹅的身边。专家经过仔细观察，得出了最后结论：这只灰天鹅失恋了！

　　灰天鹅失恋的消息迅速传遍小城，传遍省内外。无数热心的人们纷纷通过报刊、电视、网络给失恋的灰天鹅找个新娘。

　　于是，一只只美丽的雌性白天鹅被送到了湖边，令人奇怪的是，这只灰天鹅居然对白天鹅们理不睬，就像白天鹅们不存在一样。小城的人们一时陷入了巨大的失落和焦虑之中。

　　最后，还是那位资深鸟类专家给出了一条建议：将那只乳白色的游船装修一新，让它做灰天鹅的新娘。并移至湖边，从此作为灰白天鹅的家，永不作游船使用。

　　建议报到当地政府那里，政府部门立即做出批示：不惜一切代价挽救这只灰天鹅，让有情人终成眷属。从此，那只灰天鹅开始了和"白天鹅"的"家庭生活"。每天，灰天鹅都快乐地围着"白天鹅"飞翔、嬉戏、歌唱……

灰"白"天鹅之恋成为小城一个新的亮丽的文化景观。吸引着越来越多的游客欣赏。许多恋爱中的年轻男女们更被灰"白"天鹅之恋所感动，纷纷来到小湖，远眺着这世上少有的一幕，同时也暗暗祈祷自己的恋人如同这灰天鹅一样执着专一，期盼着自己的爱情如灰天鹅和"白天鹅"一样天长地久。

街头大豆腐

在我的家乡山城五莲，街头豆腐（即街头镇大豆腐）可谓是一大民间小吃。街头豆腐之所以能在花样众多的五莲小吃中占有一席之地，并堂而皇之登上城乡婚宴、迎送宾客等大雅之堂，皆因为其在选料、加工、炒制、品质等方面有其独到之处，使得街头豆腐卓尔不群、非同凡响，故而在当地流传着"到五莲，不吃街头豆腐是枉然"一说。

街头豆腐外观呈乳白色，特别细嫩，闻之清香淡淡，啖之有烫、嫩、酥、香、鲜、略苦等风味，极为爽口，加之不含任何添加剂，形成了其特有的品质。豆腐的制作是以小黄豆为原料，经浸泡、磨浆、过滤、煮浆、醮浆加盐、凝固、打包等工序加工而成。尽管和其他地方做豆腐的工序大致相同，但每道工序都比较讲究。先说选料。正宗的街头豆腐一定要选用当地产的小笨豆，颗粒小、有黑色斑点，如鱼眼，结实圆韵，浸泡前要剔掉所有坏豆、虫眼豆，确保用料的纯正。再说浸泡。浸泡时间春夏日2～3小时，秋冬日需3～4小时，时间太长豆子易发馊变味，太短磨制费工，影响出浆。然后是磨浆。泡好的豆子要打浆，过去农家大都用石磨人工推，一盆豆子往往需三四个人、一两个小时，非常费工，现在大都改用机器磨，省工省力。不过若是来了特别要紧的客人，或者自己吃，不少人家还是喜欢用人工推，这样磨出的豆浆保持了豆子的自然品质，不掺杂机器的生铁味，最为正宗。我母亲70多岁了，是做豆腐的老手，几十年了，她老人家做豆腐还是习惯颠着小脚上磨推。我们常嫌麻烦，她却说，吃一回就吃个好味道。豆浆磨好了，锅里的水也开了，接下来的工序是滤浆，就是用带有细网眼的豆腐布袋将豆浆过滤到开水里，再将豆渣分离。接着是煮浆。将滤好的生豆浆烧三五个开锅，约莫10来分钟时间豆浆也就熟了。这时的豆浆如同鲜牛奶一样干稠、细腻、滑润，有一股浓浓的香甜气息。谁见了谁都会忍不住喝上一大碗，既解馋又过瘾。然后是蘸浆、加盐、凝固。将烧好的豆浆舀到事前准备好的大缸里，再将按每10斤豆子1两卤水的比例蘸浆，卤水用量过大则豆腐易老、味苦，过少又不易结块。同时按每10斤豆子半斤盐的比例加入食盐。卤水及盐巴下缸后千万不要反复搅动。有些心急的人喜欢来回搅动，这样都容易使豆腐变老，豆腐不细嫩，缺乏灵气。约莫10来分钟后，待豆浆逐渐凝结成团，形成豆脑。在老家，村里人都喜欢吃豆腐前先喝一碗豆脑，特别是在冬日，又暖身又爽口，通体真是舒服极了。豆脑形成了，剩下最后一道工序就是成形打包。将豆脑小心地舀到豆腐筐子里，再用豆腐布盖好，上面压上一块大石头，将水逼出，应以豆腐筐子滴答水为宜。这样一筐子大豆腐就算大功告成了。

现在做豆腐的喜欢用石膏蘸豆腐，不用卤水，虽然出豆腐率高了、更白、更省事了，但豆腐硬、脆，味道也不纯了。正宗街头豆腐是不屑于用这些小伎俩的。虽然传统制作方法可能烦琐些，但地道、正宗，保持了豆腐的原汁原味，口感自然上乘。现在街头豆腐比以前有了一些改进，如在磨豆浆的时候加一把花生米，或蔬菜之类，制作出"花生豆腐""三鲜豆腐""山菜豆腐""草莓豆腐""芝麻豆腐"以及加有花生仁或米仁成分的营养豆腐等诸多新品种，五花八门，令人目不暇接，使各种营养成分得到更好的组合，豆腐的香味更加浓郁，营养更加丰富，口感更加纯正，又没有任何污染，当属标准的绿色健康食品。

在街头镇乡村，豆腐的吃法很多，可煎、可塌、可贴、可炸、可做馅，什么油炸豆腐干、咸豆腐、菠菜熬豆腐、豆腐包子、冻豆腐、豆腐卷等，五花八门。可用于制作主食、菜肴，亦可当做小吃。不过最传统最豪放最有地方特色也是我最最喜欢的一种吃法是煎饼卷鲜豆腐。拿一张又白又软的地瓜煎饼，整张摊开，叉起一方大豆腐，再加上一大筷子葱拌辣椒，卷成筒状，往嘴里一送，快意地一咬，满口香喷喷、软鼓鼓，要多美味有多美味。小时候，每每这样吃，心里只觉得比神仙还神仙。

据传，豆腐始于公元前2世纪汉高祖刘邦之孙、汉淮南王刘安所制，距今已有2200多年历史了。《清异录》称小宰羊；苏轼诗称软玉；陆游诗称藜祁、犁祁；《稗史》称豆脯，《天禄识余》称来其；《庶物异名录》称菽乳；并有没骨肉、鬼食等异称。至于街头豆腐起源何时，已很难考究了。但据老祖宗们讲，明代以前街头一带就有人开豆腐坊，若照此计算，少说也有八九百年之久了。

街头豆腐虽然没有四川"麻婆豆腐"、山东"泰安豆腐"、湖北"房县豆腐"、广东"九龙豆腐"、湖南"富田桥豆腐"、陕西"榆林豆腐"、江苏淮安"平桥豆腐"、浙江丽水"处州豆腐"等豆腐那样名满天下，但时下，街头大豆腐以其营养丰富、工艺独特、品质优良越来越受到人们的青睐。近年来街头豆腐在技术上和装备上发展迅速，其包装材料不断更新，技术越来越先进，这样便可以将豆腐作长途运输，促进了街头豆腐产业的发展。

如今，街头豆腐早已经走出山乡走出山村，走进城里的大街小巷，不但在五莲县城乃至日照城区，甚至济南，亦可以看到"街头大豆腐"的招牌。只要诚信经营，莫丢了街头豆腐的特质，我想将来街头豆腐一定会走出山东，走向全国各地，兴许有一天还会一不小心走出国门，小吃长成大产业，既赚了老外的票子，又弘扬了豆腐文化，如此富民利国多赢之举，岂不美哉快哉！

街 头 发 团

腊月初陪小女进城逛街，忽然发现有卖"街头发团"的。望着那一方一方黄灿灿的发团，嗅着那一股一股扑鼻的玉米香，我不禁脱口而出：啊，久违了，香甜的"街头发团"！啊，又要过年了！

我的家乡街头镇是一个古老的山区小镇，这里历史悠久，饮食文化更是源远流长。虽然近年来经济得到快速发展，但许多饮食风俗习惯一直流传至今。过年蒸发团就是其中较为讲究的习俗之一。

"发团"，是"发"和"团"组成，其寓意是新年大吉大发、全家团团圆圆。它蕴含着人们对新年美好生活的企盼和向往。"发团"作为一种过年食品，据我了解，在五莲虽然有不少地方过年也蒸"发团"，但尤以街头发团为最。在以前的街头老家，年底前蒸发团，几乎是每家每户准备年节的一件大事。

街头发团历史悠久，据老人们讲，相传明代以前这里就有了过年蒸发团的习俗。40年前，我五六岁的时候，每逢过年家里就蒸发团。那时农村经济条件差，做发团的用料很简单，多数人家用的主料是瓜干面，再掺上些玉米面，拌上甜地瓜，条件好一点的人家用糖精代替地瓜。拌好了面以后，放在热炕上发一发，然后就可以上锅蒸了。这样的发团比较甜，但吃起来稍硬，并且颜色发黑，不太中看。也有个别条件好的农户，用玉米面当主料，再掺些白面，拌些红糖。这样做出来的发团高级一些，颜色黄澄澄的，特别受看，而且绵软爽甜，口感也好，是过年走亲戚用的上好食品，自己一般不舍得吃。大包干后，随着农村经济的发展，农民生活条件的改善，过年蒸发团的用料也开始发生变化，用玉米面蒸发团已不再是个别人家，很多农户开始用白面做主料，掺和玉米面，也不再用糖精，而是用细软的白砂糖，这样做出来的发团细嫩、爽口，非常好吃，是过年招待客人的重要面食。

这些年，吃腻了白面的人们又开始用玉米面当主料做发团，有的人家还喜欢掺上大枣、花生之类的东西。如此做出的发团无论颜色，还是口感自然比以前那种发团好得多。当然，也有些有创意的农户开始用小米面蒸发团，甚至在发团上做上各种图案，图案有繁有简，可以无色也可以套色。如套色一般是用红色。简单的就是几道杠，或是五角星；繁复的有吉祥的汉字，还有花鸟图案等。这样发团做好了，非常好看，并且颜色味道也蛮不错。

随着时代的发展，不但做发团的用料发生着变化，而且发团的形状也悄然发生一些变化。以前的发团大都做成豆腐块，一方一方，像砖头。如今，有不少心灵手巧的农妇开始将发团做成馍馍状、枣山状等，形状自然好看得多，给这种平淡的吃食平添了不少的美感。关于发团的吃法，除了直接吃以外，还可以切成小方块、小条条，熬菜下锅吃。还有一种吃法就是炸着吃，这样的吃法也别有一番风味。

发团作为一种美食，也有一个不尽如人意的地方，那就是存放时间长了，容易变硬，吃起来比较困难，不像白面馍馍那样松软。到了这时候，需将发团重新回锅蒸一蒸，让其变软变松，吃起来好一些。

近些年，人们的生活条件提高了，对吃食的要求也水涨船高，很多人家不再用机器磨面子，而改为上石磨推，这样虽然比较费事麻烦些，但蒸出来的发团保留了玉米面、小米面的原汁原味，口感、味道特别好。

我从小就喜欢吃发团，但自从父亲去世以后，母亲年事又高，已很少蒸发团了，加之在城里安了家，妻子又不习惯吃发团，所以近些年我已很少吃发团，更吃不到正宗的街头发团了。这在我心里成了一个不小的憾事，曾有几次竟在梦中吃发团，那个香甜劲，直让我醒了还在吧唧吧唧咂摸嘴。

今日在小城不期然见到"街头发团"，我心里是何等的高兴！喜出望外之余，一下子买回好几方。到家赶紧就着小青菜，肉丝，大虾米，做了一道汤发团，直吃得热汗直流，好不痛快！

哦，香甜的"街头发团"！哦，年来了！哦，我那魂牵梦绕的故乡哟！

杀 年 猪

在我老家那个小山村里，三十几年前还保留着过年杀年猪的习惯。年猪，顾名思义，就是杀了准备过年用的猪。在乡下，年来得早，往往刚进入腊月，家家户户就开始忙年备年货。杀猪自然是备年货中必不可少的一项——不管家里日子过得穷与富，有没有。因为我们那个小山村地处偏僻，山高皇帝远的，税务部门无暇顾及，管得也就松，因此杀年猪的风气也就一年一年地保留下来。那时杀年猪人们往往几家子结伙杀，多的二十来户，少的十来户，很少有单独一家杀的。因为杀猪的家什是轮换着使，所以不能集中杀，常常今天这几家杀了，明天那几家再杀，拉拉扯扯地整整一个腊月，几乎天天都能听到猪被杀的吼叫声，看到人们来来回回忙碌的身影。

那个时候，我才十来岁，真是"山羊猴子皮学生"，是既贪玩又对什么事都好奇的年龄，那时学校抓得松，所以腊月里一放学，我们就一窝蜂地跑到杀年猪的人家去看杀猪的，瞧热闹。我们赶到人家那里的时候，往往是猪已经被绑好4个蹄子朝天躺在杀猪床子上，等待被宰杀。碰到运气好的时候，也能瞧到这样的场景，三两个大汉用一根粗棍子抬着猪，晃悠晃悠地往杀猪的地方走，那猪一晃一吼，那声音真可谓是惊天动地。待到了杀猪的地方，人们把猪往杀猪床子上用力一拽，那猪就只有待杀的份了。猪杀死后，需趁着热乎气剥皮。剥皮的时候，先是将猪腿根部割开一道一揸长的口子，再用一根细长的棉槐条子或高粱秆顺切口处插进去。抽出条子后，将嘴对准切口，猛劲往里吹气，只消一会儿，那猪浑身都鼓胀得像个装满草的大网包。然后用条子在猪身上抽几下，等气散匀了，赶紧开肚剥皮。据说这样剥皮又快又匀，还不容易割破。这个时候，我们这帮子调皮鬼，站在一旁一边跳一边也鼓起腮帮子学吹气，常惹得大人们哈哈笑。

在我的印象中，亲眼见过杀年猪的场面不少，但给我印象最深也最有意思的那次是三大爷杀猪。记得那次杀的猪是我二大爷家的，那猪二大娘养了已整整一年半。杀猪那天，二大娘望着与自己朝夕相处了一年多，自己千把菜叶万瓢糠喂大小牛犊般大的猪被4个人抬走，二大娘难过得直抹泪。那猪被抬到磅秤上一称，好家伙，足足990斤重！这可是我从没见过的大猪，也是全村第一猪！杀猪的是村里有名的"杀包子"，论辈分我管他叫三大爷，三大爷杀猪卖肉都二十多年了，以杀猪狠准出名，因此获得了"一棍准"的雅号，据说从没失过手，因此别人当着面这样叫他，他从不恼，总是笑呵呵地说：不是吹的，练出来的。那早晨三大爷喝了点酒，本来黑黑的脸在酒精的作用下越发显得黑中带红，都快成紫色了。杀猪时，三大爷抄起一根小白碗口粗的大铁棒，先是朝棒上吐了一大口唾沫，两手来回地抹了抹，又眯着眼朝猪的头部瞅了瞅，然后斜举起铁棒，"嘿"的一声吼，铁棒居然落在了猪的嘴巴上，那猪大吼了一声，猛地把头一抬，这时围观的人们都哈哈大笑：原来三大爷把本应打在猪耳朵台子的这一棍给打偏了，这可是三大爷出道以来从没有过的事，三大爷顿时羞红了脸，赶紧接着又是三棍，这才总算把猪给打昏了。趁着猪"低头不语"的机会，三大爷操起一把刀锋瓦亮的牛角刀，对准猪的脖颈处用力一捅，那殷红的血便哗哗地淌出来了，淌了一会儿，三大爷给猪松了绑，谁知那猪竟从床子上跳了下来，歪着头跑了，三大爷是又气又急又羞，撒开腿就追，幸好那猪只跑了二三十步就死了。三大爷这次杀猪可谓是马失前蹄，出尽了洋相。那时我还给三大爷编了个唱：三大爷，本姓张，拿根棍子来当枪。杀猪打猪头，他打了个嘴巴上。打那以后，谁再喊三大爷"一棍准"，他总是半遮着脸说：那是想当年的事了，别提了。后来，听说那头猪被潍坊博物馆的人知道了，拉去皮制成标本在博物馆展出了好长一段时间，村里人为此很是自豪了一阵子。

弹指间，几十年过去了，现在村里人生活条件好了，纳税意识也强了，已不再热衷杀年猪，过年也很少有人早早准备下成筐成篓的猪肉了，不过似乎这年味也越来越淡了。当年皮孩子的我不知不觉地也到了不惑之年。每当过年的时候,我总情不自禁地想起那头"猪王"和三大爷杀猪让猪跑了而羞愧不已的情景,可惜三大爷已在30年前去世了,他老人家再也不会为此而红脸了。但小时候那些远逝了的欢乐时光和五花八门散发着浓郁乡土气息的习俗,已经永远留在了我的记忆中,抹也抹不去,推也推不走……

 # 一品红小记

照实说,我这个人生性大大咧咧,平素里没什么高雅的情趣,对花草之类的更不感兴趣,因为我很厌烦它们娇怪的品性和烦琐的管理,然而,独独对我家阳台上的那盆一品红却是情有独钟,以至于割舍不得。

这盆一品红就放在我家的阳台上,它已经摆了整整4年了。其实,它只是很普通的那一种,没什么高贵的身世,盛它的花盆也是普通的黄泥盆子,泥皮都一层层簌簌地剥落下来了,连供它养分的泥土也是我从家门口的空地里挖的,几年了没换过一次土,平日里就放室外,任风吹雨淋日晒霜打,它就那么生机勃勃地活着,一连数月地奉献着火红的花、碧绿的叶和翠竹一样青青的茎。每当看到这些,我总不由得平生出几分愧疚,觉得对不起它,委屈了它,但同时也让我增添了些许敬意。

说起来,我和这盆一品红还颇有几分缘分。那是4年前的一天,我听办公室的一位女同事说,她家养了一棵一品红,从腊月以至开到开春,3个多月了还开花,并且还说这种花十分泼实,无须特别管理,很好养的。我一听不假思索地开口说要一棵,同事很爽快地答应了。但说过之后我却随之后悔了,因为我对养花一窍不通,甚至于家里找不到一盆花呀草的,更没有见过什么一品红,不过事后我想它之所以能引起我的注意,主要是因为我惊叹于它的泼实和花期的持久。第二天,那位女同事就用塑料袋很小心地给我包来了一棵。只见它的茎细

细的，颜色如同毛竹一般。叶子较大，乍看有几分像古代的兵器"戈"，茎的顶端开着一大朵红色的花，像伞一样张开着，袒露着。我怕放在办公室里太刺眼，就放到屋后的阴凉处，想下班后再带回家。没想到，下班时竟把这事给忘了，等我猛地想起时已经过了3天。当我找到它时，那花已经枯萎了。本想顺手扔掉，但想到同事的一番好意我又不忍心了，就将它带回家，从茎上剪下几截，插纤在一个泥盆里，浇上一瓢水之后也就再没有在意它。直到有一天，女儿突然喊："老爸，快来看，这花长出来了。"我这才发现纤插的那几节中有一节不知何时发出了两指高的新芽，一品红的死而复生，让我顿时惊讶于它的生命力之顽强，竟对它有了几分喜欢，以至让我这从不爱花的人竟对它关心起来。

此后，一连几天，每天下了班后的第一件事就是到阳台上看看，看它长高了几寸，叶子冒出来了没有。妻子见了打趣地说："看你对这盆花比对咱闺女还上心，当心别成了花痴。"我对此嘿嘿一笑，心里说，若能成花痴那才好呢！两个月后，在我的目光的注视下，从它的"老母"处竟长出两枝细长的枝条，不几日每个枝子上长出了几片碧绿的叶子，它们紧挨在一起，像亲姐妹一样，我在心里叫它们"姊妹花"。秋末冬初，有一个枝子的顶部竟开出了一大朵火红的花朵，闻之有一股淡淡的香味，十分受用。遗憾的是，另一个枝子始终没有开花。我这才明白原来他们并不是"姊妹花"，而是"夫妻花"。看到它们相依相偎，恩恩爱爱的样子，好不令人羡慕。曾有一次，妻子想把没开花的那枝剪掉，但我实在不忍心拆散它们，妻子只好作罢。就这样，这株"夫妻花"相亲相爱生活着。第二年秋，它们终于有了爱的结晶——在"老母"的底部，长出了一个小枝，矮矮的，像一个山里的孩子，怯怯的，实在令人疼爱。这样两大一小，就组成了一个完美的花的家庭，更加令人喜爱。

闲下来的时候，我们一家子常常一起聚到阳台上，欣赏这盆一品红，议论着它的花、它的叶，它的过去、它的现在和将来，真是其乐也融融。其间，我曾生病动过手术，有先生说我家有一棵高秆植物，养着对大人身体不利，建议将它扔掉。我心里明白，先生说的就是这盆一品红，但我犹豫再三，最终也没舍得扔掉。前年，上小学四年级的女儿曾以《我家的一品红》为题写过一篇征文，获得校级一等奖，女儿可高兴了。看着女儿兴奋的样子，我知道这都是一品红带来的，因为这个缘故，我更舍不得它了。

几年来，我一直将它放在阳台上，它的绿色和红花不知给了我多少享受。每当我心情不好的时候，或者遭受挫折的时候，我总情不自禁地走到阳台上默默看上几眼，看着它心里就觉得踏实，觉得宽慰，不快和失意也就一扫而光。如此，我对它们这一家子的感情也就与日俱增，以至一日不见心里竟有些空荡的感觉。我知道，是一品红使我对花草有了一些粗浅的新的认识，给我家带来了欢乐，使我的生活更加充实，也使我的家庭更加和睦温馨。这株一品红在我的眼里是吉祥花、幸福花，更是我须臾也离不开的朋友。

我家的这盆一品红虽说已经4岁了，可我相信它还会有10岁、20岁、30岁、100岁……它将永永远远生活在我以后的岁月里。

心田上的水杉树

在我的心田里，挺立着一排树，一排水杉树，它们是那么高，那么整齐，那么井然有序，那么令我难忘，以至在我敲击键盘的时刻，心里隐隐地颤动。我知道，这辈子恐怕都永远难忘的了。

这是一排水杉树，每一株都在10多米高，每一株都要两个人才能合抱过来，它们枝枝叶叶紧密地团结在一起，就那么哨兵似的，从年头到年尾的挺立着。在我看来，它们不是挺立在村头，而是挺立在我的心里，挺立在我的灵魂里。它们就那么站着，以至每个路过它旁边的人都无法不看它一眼。

这排树站在我的心头已经有20多年了，从我记事起，它就那么站着，虽然那时候它们还没有这么高大，这么挺拔，这么炫目，但那个时候它们就已经存在了，它们以自己伟岸的躯体，以自己繁茂的枝条向世人，也想自己证明自己的存在。每次经过它们身边的时候，我总情不自禁地放慢脚步，仔细地观看，甚至于欣赏。我观看它们的枝叶，观看它们的躯干，我欣赏它们的挺拔，欣赏它们的傲骨，我惭愧，我自卑，在它们面前我是多么渺小和卑微。

我之所以关注这排水杉树，之所以如此钟情这排水杉树，一个很重要的原因是源于我的父亲。这排树真的与我的父亲有关。20多年前，我初中毕业的时候，父亲已经加入了村里的老年队。那时的老年队不同于现在，村里经常组织他们开展植树、护路之类的活动，它们以自己的方式践行着什么叫老有所为。

那年夏天，父亲60出头的年龄，老年队组织村里的老年人植树，我父亲是老年队的骨干，自然是这支植树队伍里的重要成员。就在那个多雨的夏天，父亲和老年队的伙计们一起，用锨和镢，在村头，在那个原本没有任何树木的地方，一棵一棵地栽植下了一排水杉树，不多，30多棵。这排水杉树落地后，也从此落下了父亲的心事。父亲和他的队友们一桶水一桶水地浇灌它，直到枝繁叶茂。

曾经有几次，我问父亲，干吗对集体的树这么上心？父亲说：每一棵树就像一个孩子，不管集体的还是自己的，都需要人的精心照顾。当时我没听明白，觉得父亲太过认真。现在我懂了，在父亲的心里，只有树，没有什么公私之分。

从初中到高中，每次上学，我都要经过这排水杉树。春天，它们发芽了，抽枝了，给我带来希望和期冀；夏天，它们以自己的身躯，自己的枝条，为过往的路人撑起一片绿荫；秋天到了，碧绿的树叶开始变黄，并逐渐脱落；冬天来了，大部分树叶已经脱落，但所有的枝条，依然保留着向上的态势。在我的心里，这排树就是我们村的象征，是村树。

多少年过去了，我大学毕业了，工作了，成家了，每次携妻儿回家，都要经过这排水杉树，每次经过，我总要抬头注视着它们，就像一个远行的游子注视着他的母亲，他的故土。这是怎样的一种情感啊，说不清道不明，一种剪不断理还乱的情绪。我真的说不清了，也不想说清。

就这么过了许多年，到底有多少年，我犯糊涂了，说不清了，但有一点就是，它们，这排树稳稳地立在那儿。然而，就在去年，去年的夏天，一个阴雨霏霏的日子，我再次回到老家，路过村头的时候，隐隐觉得少了点什么，可一时说不清

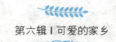
楚，直到又走了几十步，这才蓦然发现，原来那排村树不见了。在它们生活过的地方，只有一个个的树坑在那里，它们张着大大的嘴巴，好像要向我倾诉。可是我听不懂它们要说什么。

在我的诧异中，我弄明白了，这排树被村里的人卖掉了，卖了干什么我没弄明白，也不想弄明白。但这排树从我的视野里，从很多熟悉它的人的视野里从此消失了，这是事实，不争的事实。

面对消失了的这排水杉树，我的心里暗暗地滴血，我仿佛夜行的人一下子失去了灯光的指引，仿佛在浪尖上搏击的人突然陷入了平静之中，那是一种可怕的平静。我仿佛听见我的心在呻吟，在颤抖。

我不知道这排水杉树到底到了哪里，城市？抑或乡村？我茫然无知。我不愿，也不忍再看到那排水杉树的窝。真的。

水杉树啊，我心目中的村树，我的灵魂寄托的地方，在这北风呼啸的夜晚，你可曾知道，我，你日日夜夜守护着的村庄，有一个人，一个游子，在一声声地呼唤着你。

啊，水杉树啊，消失了树，但永远挺立在我心头的树。

我怀念那排水杉树！

美哉，九仙山

　　"九仙今已压京东"，这是900多年前一代文豪苏轼对九仙山的评价。这里的九仙山，不是瓷都福建德化九仙山，而是指我的家乡山东五莲境内的九仙山。

　　出五莲县城往东南约16公里，驱车用不上半个小时，远远便可望见一连串黛青色的大山，这便是闻名遐迩的省级森林公园九仙山风景区。远望这里诸峰错落，峭壁插天，异石突兀，拔地而起；近观峰回路转，清幽佳绝。九仙山风景区内有"山门城影""卧象龙潭""万寿兴云""孙膑书院""白鹤佛光""牌孤遗风""靴石风动"和"黑牛场花园"等八大景区上百处景点。风景名胜区属温带半湿润海洋性气候，其特殊的地理位置，使之冬暖夏凉，雨量充沛，光照充足，气候凉爽，四季分明，山区植被覆盖率高达百分之九十以上。正是由于拥有大量的原始森林资源，林中的空气含有许多对人体有益的空气负离子，形成一个区域性的小气候，几乎谢绝了尘世的污染，所以空气清新，全年平均气温在12.6摄氏度，是一个不可多得的清凉世界。九仙山周围55平方公里的地方又处在"三关"以东，黄海之滨，属冬暖夏凉的海洋气候，自然成为旅游度假，进行森林浴的最好去处。九仙山主峰为卡山垛，海拔高度仅有537.2米，却以"奇如黄山，秀如泰山，险如华山"而著称。山的扬名始于何时已无从查考，不过东坡居士留下的那句"九仙今已压京东"，应该是起到了不可估量的作用。

　　当地林业专家、文人，五莲林业局的岳乃海先生在《苏轼与九仙山》一文中写道：苏轼知密州（今山东省诸城市）在勤政之余，足迹遍布密州的山山水水，其最得意的去处便是五莲境内的九仙山。在密州的几年间，他曾数次登临九仙山，寄情于风光旖旎的青山绿水中，留下了一些赞美九仙山美景的诗文、墨迹。其中在《次韵周分寄雁荡山图二首》中，苏轼高度评价了九仙山的秀丽景色：二华行看雄山右，九仙今已压京东。意思是，太华山、少华山山势压陕右路，九仙山景冠京东路。（京东，指京东路，宋代十五路之一，治所在宋州，今河南商丘，辖境相当徒骇河东南广大地区及河南东北部分地区。）宋熙宁九年（1076年）秋，苏轼与友人再次登临九仙山，并在九仙山东南麓的丁家楼子村戏的白鹤楼上挥毫写下"白鹤楼"三个大字，可见苏轼对九仙山情有独钟。

一代山水大玩家、一生游遍天下名山大川的豪放派词人东坡居士缘何如此垂青、高看这座深藏在偏远之处的九仙山？这里面自有他的道理。我曾于1999年秋、2005年春两次登临九仙山，一路边走边看边赏边访边想边悟，虽说是走马观花，浮光掠影一般，但对家乡的这座名山仍留下极其深刻的印象。

本人眼拙、愚钝，不过我个人观点认为，九仙山之所以享有盛名，首在九仙山优美的自然风光。九仙山自然之美，美在山、在水、在花。先说"山"，九仙山山美可以归纳为奇、秀、险、怪、幽、旷、奥七大特色。这里真可谓是山山有佳境，石石有看头。不过最有特色掌故最多的山石当数靴石。靴石又名龟靴石，在现今学识村西，巨石高达三米，重达数万斤，酷似古人穿的靴子。传说是当年八仙之一的铁拐李留下的。站立靴石之下，微风吹来，似有摇摇欲坠之感，但千百年来巨石一直岿然不动地立在那里，不能不佩服大自然的鬼斧神工。还有曾聆听孙膑讲学的凤凰石，偷看仙女淋浴的八戒石等，无不状若其名，令人浮想联翩。

再说水。山有多高，水有多长。这里的山泉终年不断，自天泉、地泉流下的泉水汇成山溪四季长流。雨季瀑布飞雪，旱季泉水叮咚，动静皆寓于山体之中。九仙览胜，品一下清冽甘甜的山泉还有强身健体，护肤美容之奇效。九仙山水最大的特点是"地中山、地中潭、地中瀑"，华北罕见，令人叫绝。涧泉水汇流，或涓涓如丝带，或喷激如箭镞，溪水叮咚似琴鸣，瀑布激昂如擂鼓；潭水清冽，倒影摇动，如诗如画。最著名的水当属龙潭瀑布。龙潭幽谷，被游客誉为"山东小三峡"。龙潭瀑布在幽谷中段，分为黑白两个龙潭。每到夏秋季节，飞泉流瀑，如白龙似白链般飞驰而下，十分壮观。还有雪练飞瀑，又名毛家河瀑布，位于积霖谷上游，瀑宽5米，落差20米，瀑下为圆潭，潭水澄清，深不可测。瀑布落水，一如银河倒泻，声如万马奔腾。夏日雨沛，瀑布又如白练垂空，水泻潭中，泛起浪花，似白练层叠，故称"雪练飞瀑"。

再看花。九仙山特殊的气候和土质，使这里成为天然植物园。九仙山山花众多，尤以野生杜鹃花为最。这里被列入野生杜鹃花自然保护区，其花色之丽、品种之多、面积之广，不仅在省域内少有，就是华北地区也是罕见的，被誉为"江北一绝"。每年春夏之交，漫山的杜鹃一簇簇、一片片、峭崖上、松林间，竞相开放，似云锦，像流霞，流光溢彩，随风闪动，畅游花海，令人陶醉，顿生万物悠悠之感。更有霜秋之季，满山红叶与山光石景相辉映，蔚为壮观。最为引人注目的是黑牛场南坡上的一棵杜鹃王，花簇直径达三米，高达二米半，据说已有两百年的历史。杜鹃花不仅丰富了山体，也丰富了游客的眸子，给游人带来无限的想象和热情。

九仙山名胜区不仅以自然景观驰名古今，其人文景观也历史悠久。九仙山大佛，坐落在九仙山东麓，西面向南的卵形巨石雕刻，佛像高4.5米、宽2.2米，身着袈裟，端坐于莲台之上，右手挂念珠，左手作捻数状，口似念念有词，据考证为宋代雕刻。著名古建筑有兴云寺遗址。兴云寺原名侔云寺，建于宋代，位于万寿峰下，与五莲山光明寺隔壑相望，建筑规模宏大，虽历经沧桑，遗址仍依稀可辨。龙王庙遗址，在白龙潭东岸，内有龙王的塑像，栩栩如生，惟妙惟肖，令人叫绝。孙膑书院坐落在抱犊峰下，相传是孙膑著书立说的地方，军事巨著《孙膑兵法》就成书于此。现在的孙膑书院是1995年松柏乡政府与日照城市信用社联合投资，在遗址上修复而成，并重塑了孙膑像，院墙四壁雕刻了《孙膑兵法》的部分章节，开辟了孙膑书院游览区。另有齐长城45华里，纵贯九仙山麓，气势宏伟，具有较高的科学考察价值和历史价值。还有牌狐城遗址等，都曾留下了先人活动的足迹。

神奇的传说更为九仙山增添了迷人的色彩。关于九仙山传说多如繁星，尤以九仙山名最为引人注目。关于山名的由来，在当地流传着众多说法。自由撰稿人五莲人林桂春先生在深入民间考察采访的基础上，在其写的《九仙山的传说》一文中介绍了两则传说：一说是因八仙过海时路过此山，正逢久旱不雨，荒

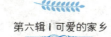

山野岭寸草不生，山下的百姓亦难生存。为了让此山重新焕发青春，救山民于水火之中，众仙与山神一起在山上遍植花草树木，铁拐李用靴子从东海提来清水洒遍山冈荒野，花草树木喜逢甘露，速速新生。不几天满山葱绿，树木成林，鲜花盛开，蝶飞蜂舞，春意盎然，把整个大山装扮得像一座大花园，解决了当地民众干旱少雨的困扰。韩湘子在靴子的周围插上了笛子，长成了一片竹园。何仙姑又在山间的池水中插上了荷花，不久荷香四溢。因山神爷在救此山荒旱无雨，重新长绿中也立下了功劳，所以此山命名时，连山神在内，共称九仙，故此山取名九仙山。

另有一种说法是，第九仙不是山神而是孙膑。因为孙膑曾在此山屯过兵，储过粮，打过仗，后来又在此著《孙膑兵法》，人们为纪念这位伟大的军事家，就在山中孙膑读书的地方为其建了书院。这些事虽然历史上没有记载，但在民间流传甚广，传说中讲：孙膑当年为齐国军师，为防楚入侵，就在此山南麓的牌孤山上安营扎寨，建有牌孤城兵营。在百将口曾与元大李牧独孤陈等人打过仗，在这里前几年出土了不少枪刀，箭矢等，今存在博物馆。当年军队屯于靴谷中，并建有粮仓，存粮的地方，今称仓敖岭。岭下有大碾12盘，昼夜不停地碾米，供军队食用。新中国成立后碾被山下村民拉去，如今只剩下一盘，在孙膑书院前警卫室后，可以作证。由于齐国的强大，又加上孙膑用兵如神，屡打胜仗，最后在马陵道打败庞涓，报仇雪恨，随弃军师之职隐居九仙山的靴谷之首抱犊峰下，建茅屋修兵书，永不出山。在此他根据《孙子兵法》和自己的实线，写出了万古流芳的《孙膑兵法》，此书在孙膑死后两千年才在临沂发现。在民众中流传孙膑用兵如神，又成仙人，因以对此山命名时，八仙加孙膑，成了九仙，取名九仙山。

另外，我在《山东通志》中看到如下记载："汉明帝时，有九老日饮酒万寿峰下。一日，同化去。人称仙人。"故名。此可谓九仙山名称由来的又一说法。这三种说法虽然都很荒诞离奇，不足为信，但却表达了古代劳动人民战胜自然灾害的决心和对和平生活的向往。这是十分可贵和值得称道的。

深厚的文化底蕴更为九仙山增光不少。俗话说："山不在高，有仙则名。"照我说，山不在高、水不在深，有名人则名。古往今来，众多名人志士的到来更是为这座仙气弥漫的大山增添了耀眼的光彩。历史上，这里曾有众多文人墨客前来登山游玩，或吟诗论文，或著书立说，呼朋唤友，笑傲山林。除了前面写到的苏东坡、孙膑之外，明代礼部侍郎翁正春赞曾来此山，并写下"真齐鲁间最圣地也"的名句，高度赞美了九仙山。明代文学家张世则《九仙石阁赋》云："三齐颂灵景，九仙称名山。"清代文学家、史学家李澄中《九仙山赋》亦云："齐鲁名山，实甲九仙，盖《易》所谓地中山也。"并曾在孙膑书院前赋诗曰："孙子何年去？空余此讲堂。"表达了对一代军事家的崇敬和对人世的感慨。明末清初文学家丁耀亢在九仙山东南麓丁公石祠中，完成了他的著名长篇世情小说《续金瓶梅》，并写下了许多诗文佳作赞美景区内的奇异秀丽。明朝丁耀斗、清人张侗也留有诗文墨迹、趣事逸闻。这些历史名人，不仅留下了许多传世之作，有的还留下了不少逸闻趣事，至今仍为当地群众所津津乐道。其中尤以孙膑最多。相传孙膑在九仙山中习武，正练得起劲，一剑劈在一块巨石上，眼看成为门两扇，谁知不料被酸枣树上的倒钩棘子钩住了衣裳，这令他很扫兴，气愤地说："讨厌，棘子长什么倒钩。"话音刚落，这儿的棘子倒钩便都直开了。至今，九仙山上的酸枣无棘刺。另有一说，传说孙膑每日诵经修炼，已成半仙之体，有一次孙膑夜读，有蚊虫叮咬，他把双手往空中一推说："到上边去，不要在下边捣乱。"从此，九仙山上的蚊虫只在半空中鸣叫，不再下来叮人。传说难以实证，九仙山上蚊子不叮人、棘子不长倒钩、蛤蟆不会叫倒是千真万确。这一点，很多人都曾一一验证过，所言绝对不虚。今人中亦有不少名士定居此山，像我的授业恩师长篇小说《郑板桥》的作者潍坊学院中文系教授房文斋先生，20年前来五莲大专班讲学时相中九仙山，不久退休后便来到此山，在靴石村买了数间民房，安营扎寨，潜心写作，一晃数载，著述颇丰。恩师原五莲师范校长高昂先生前几年也来到九仙山，买下草房三间，潜心梳理心情，撰写文章，先后出版了三本散文著作。当然两位老师的入山，并非看破红尘，实乃为做学问创造更加安静的环境和醉心于九仙风景而已，其专心做事的人生态度和淡泊的性情堪为我辈之师。

　　笔者之所以被九仙山吸引，还有一个重要原因，就是九仙小吃。九仙小吃亦应列为九仙山一大特色，只可惜九仙小吃仍是"养在深闺人未识"。九仙小吃品种特多,风味亦很独特。笔者最为喜欢的是火烧板栗,若是露天烧着吃,那更是别有一种风味。烧熟的板栗,呈金黄色,外皮略糊,趁热食之,或香脆绵软,或香面酥口,那种感觉简直是人间美味。九仙山列入风景区之前,每到秋天花生收获时节,常有山民烧板栗吃,现在是不允许这样在山中露天烧着吃了,不过可以到农家的小院子里品尝。第一次在一户农家,我们有幸吃到了火烧板栗,着实过了一番馋瘾。临走时好客的主人还亲自硬是塞给我们每人一大把烧板栗,装在衣兜里,一路走来一路吃,真是惬意极了。九仙煎饼同样诱人。九仙煎饼与别处不同,它主要以去皮的地瓜为原料制作而成,配以鲜嫩豆腐和辣椒,色细白,不干不柴,筋道有咬头,若是再卷上几条小黄鳝子鱼,着实美味可口,据《山东文献》记载:黄鲫子鱼卷煎饼,为日照食品之一绝,久食不厌,食用方便,便于保存。在靴石村,农民老刘热情邀请我们品尝他手工烙的煎饼,配上九仙大豆腐,九仙大葱拌辣椒,香喷喷,软鼓鼓的,实在解馋过瘾。连我这不太喜欢吃煎饼的人都胃口大开,一连吃了两个煎饼,虽然撑得直打嗝,心里却还想着再吃一个该多好。九仙豆沫子更是别有风味。豆沫子,在五莲方言叫"冻麻子",是山里庄户人家用黄豆面和蔬菜做的一种副食。山里人常吃的有开春的白萝卜豆沫子、干萝卜缨子豆沫子;三伏天的菠菜豆沫子、地瓜秧头豆沫子;有秋天的爬豆荚子豆沫子、辣菜缨子、萝卜缨子豆沫子;冬天的方瓜豆沫子等,五花八门,啥都有。而我最喜欢吃的是九仙山萝卜的和地瓜秧头的。萝卜豆沫子做法,是将大白萝卜用礤板擦成条,上锅煮煮,淘净水分,再撒上把粗盐粒子和豆面,蒸熟拌拌就成了。这种豆沫子吃起来香、有点硬,但口感好,有咬头。地瓜秧豆沫子,农历六七月,雨水大,地瓜秧疯长的时候,专掐那些又嫩又胖的地瓜秧头,用刀切碎用开水一烫,淘去青干气味,再煮熟即可。这种豆沫子吃起来黏、软、爽口,最有吃头。我最喜欢的吃法是煎饼卷豆沫子就大葱,拿一个厚墩墩的大地瓜干子煎饼,包上一大包豆沫子,夹上根粗白大葱一卷,张开大口一咬,那种快意简直是人间的一大享受。当然啦,要是再抿上点豆沫子酱就更美不过了。可惜我们去的不是时候,已经错过了地瓜秧最嫩的时节,只有等下次来一饱口福。九仙小笨鸡鲜美无比。九仙小笨鸡以其肉松、味鲜、营养丰富在五莲远近闻名。在九仙山前苇场村的一户农家，我们有幸品尝了地道的九仙小笨鸡。这只鸡不大，两斤左右，色金黄。主人告诉我们，正宗小笨鸡一般是散养在山上，不喂饲料，更不喂任何药物，笨鸡主食虫子，发育比肉食鸡慢得多。六七个月的时候食用最佳。成年小笨鸡重一般在两斤左右。市场上价格很高，每市斤约15元以上。虽然价格偏高，但因为是纯绿色食品，所以市场仍然供不应求。小笨鸡的传统吃法是炒辣子鸡，也有喜欢吃白斩鸡。主人经得我们同意，做了一道白斩鸡。除放了一点葱、大蒜、辣椒之外，并不加任何佐料。刚出锅的鸡肉特别白嫩，吃起来非常松软滑润，味道竟是想不到的鲜美，是我平生所没有吃过的。一只鸡不一会儿就被消灭了个精光，人人称赞不已。九仙小吃有名的除了上面说的几种，还有九仙山菜小豆腐、九仙地茧皮、九仙蘑菇、九仙黄花苗、九仙蚂蚁上树等，数不胜数。每一样都具有浓厚的地方特色和风味，每一样都会让人大饱眼福口福。苏东坡有诗：日啖荔枝三百棵，不辞长作岭南人。套用过来：日有小吃一顿，百年愿做九仙人。相信总有那么一天，更多的游客将会对九仙小吃格外青睐。

九仙山一带自古就有赶庙会的习俗，农历三月十五日，方圆数百里地的人们纷纷前来赶山，多时成千上万。赶山者一来为了烧香叩拜九仙，二来为了购物观光。随着经济的发展和旅游业的兴盛，九仙庙会早已脱去旧俗，成了人们物资交流和信息沟通、游玩放松的重要载体。

一生中能有一次畅游九仙山已经是幸运的了，而我先后两次游玩过这座仙山，更是幸运中的万幸了。真心希望能够有越来越多的人到九仙山一游，亲眼看一看那秀丽的山水，闻一闻那芳香的杜鹃花，听一听那优美的传说，尝一尝那富有特色的九仙小吃，赶一赶九仙山庙会，那才叫真正走进九仙山，认识九仙山。如此美事快事，何乐而不为？

美哉，九仙山！

快哉，九仙山人！

石人山的传说

在山东省五莲县街头镇南西峪村村东约三里处,有四座呈南北走向的大山。这四座山山山相连,在从南向北第三座山的山顶上,耸立着一块约十来米高的大石头,树前有一棵半搂粗的大松树,远看像一个拄着拐杖翘首远望的老人,老人头、眼、鼻子等五官以及戴的帽子都清清楚楚,老人面南背北,轮廓异常分明,仿佛是真的一样,当地人称这块石头叫石人,称这座山叫石人山。关于石人山的来历,在当地流传着一个美丽动人的传说。

相传很久很久以前,五莲县街头镇一带原本是海。那个时候,南西峪、坊子、街头可是个有山有水的好地方,整年风调雨顺,是人见人爱的鱼米之乡,百姓的日子虽说不富裕但也挺滋润。那时在现今南西峪一带有一座无名小岛,岛上花果遍地,处处鸟语花香,另有几眼山泉,泉水经年不断,淡水资源十分丰富。

岛上住着厉、秦、王三姓的二三户人家,三姓和睦相处,情同一家人。常言道:人往高处走,水往低处流。因小岛独特的地理位置和良好的淡水资源条件,吸引了南来北往的船只,渐渐地,南来北往的人多了起来,时间一长,到了明代的时候,竟发展成了一处小小的码头。特别是每年春夏两季,更是商贾云集。那时常来岛上歇脚的客商不仅有浙江的、台湾的,还有高丽国等外邦的。他们纷纷上岛一来加淡水,二来停船在岛上住宿。岛上有个有名的客栈——喜来乐客栈。客栈的主人姓厉,是个五十多岁的老人,老人不但炒得一手好菜,而且待人非常热情,重信誉讲义气,诚实守信,是个"宁丢性命不丢信用"的好人。老人没有儿女,只有一个十多岁的孙子,老人得闲时,常常教孩子读书识字,念三字经。渐渐地,孙子也成了一个和他爷爷一样勤快、懂事、守信用的孩子。祖孙俩就这样过着平淡快乐的日子。因为这个缘故，有些客商便常常将货物寄放在客栈里，请老人代为保管。

这年夏天，岛上来了一位高丽国的客商，住宿在乐喜来了客栈。客商自述姓李，原本想到马来西亚做生意，途中因大船出了故障，家中又出了急事，只得上岸停靠，打算回国处理完家事再找船只南下，并再三恳请老人将一箱珠宝存放在客栈。说着，客商拿出一块玉佩，一掰两半，将其中一半交与老人，并与老人约定，等他回来再取珠宝，到时以玉佩为信物，不见玉佩任何人不能带走珠宝。老人见客商说得恳切，欣然应承，并将自己的一艘小船交给客商，让他乘坐回国。客商走后，老人见珠宝珍贵，为防万一，悄悄将珠宝箱藏在岛上的一个无人知晓的小山洞里。

藏好珠宝，老人天天盼着客商快快来取。他几乎每天都要到岛上最高的那块石头上眺望几次。就这样，不知不觉3年过去了，客商仍没有回来。老人心里越发焦急。

时值东南沿海一带倭寇猖獗，明政府多次派官兵围剿，倭寇屡遭重创。戚继光大败倭寇之后，有小股倭寇便乘混乱之际从安东卫窜至五莲，他们窜上小岛，奸杀戮掠，夺人妻女。喜来乐客栈自然难逃厄运，倭寇进客栈骚扰，吃喝玩乐，无恶不作。不知怎的，倭寇得知了老人藏宝之事，逼迫老人交出珠宝。老人誓死不从，半夜乘敌不备，逃出魔掌。是夜，老人密约了岛上的十几个青壮年，携带自制的枪支弹药，乘倭寇醉酒酣睡之际，偷袭了倭寇，经过一夜的激战，终于全歼了倭寇。不承想，在激战中老人不幸中弹，生命危在旦夕，但仍然惦记着高丽国的客商。老人让孙子扶着自己来到最高的那块大石头上，一边望着远方，一边从怀里摸出那半块玉佩，艰难地说起高丽国客商相托之事和藏宝的所在。末了，老人将玉佩交给孙子，断断续续地说："有朝一日要……要亲手将玉佩和珠宝交给客商，做人要的就……就是讲信用，关键时候，要宁舍性命，也不要不讲……不讲信用。"老人喘得越发厉害了。老人回家后，病情越发严重，生命濒危。弥留之际，老人一个人挣扎着再次来到山顶上，一手拄着拐杖，一手打着眼罩远望的东方，口里大口大口地喘着粗气。正在这时，天空大变，电闪雷鸣，暴雨倾盆而下，突然"轰隆"一声巨响，一个霹雳击在了老人的身上，随之"突"地腾起一股浓烟冲天而去。不一会儿，雨歇电停。人们发现，老人仍然站在那里一动不动地望着远方，但早已化成一尊巨石，就连老人开的喜来乐客栈也变成石的了。

老人死后，其孙成了孤儿，岛上善良的人们收养了他。他牢记爷爷的嘱托，坚守藏宝的秘密，并且每天早晨来爷爷的遗容前一边跪拜祭奠，一边眺望着远方，盼着早日实现爷爷的遗愿。等啊，盼啊，就这样又过了十多年，仍不见高丽客商的影子。但他毫不灰心，仍然一心一意地等啊盼啊……

精诚所至，金石为开。在一个风和日丽的早晨，岛上来了一支船队，领头的是一位四十岁左右的中年人，手里持着半块玉佩，上岛打听开客栈的厉姓老人。老人的孙子这时已长成一个二十多岁的小伙子，见状，掏出爷爷留下的半块玉佩，正好与来人的合二为一。原来，他就是那位高丽国老客商的儿子。人们从中年人的叙述中得知老客商在回国后不久突发重病亡故，临死前将玉佩交给自己，让他凭玉佩来岛上寻找客栈的主人，但因海上倭寇横行，怕遭掳掠，故迟迟未来寻宝。"天不负我！"老人的孙子对天长叹。他将珠宝"完璧归赵"后，将高丽客商领到爷爷的遗像前，动情地讲述了爷爷至死也不向倭寇交出珠宝和爷爷每天都来岛上苦苦等待的故事。高丽客商大为感动，深为祖孙俩的诚信折服。他见恩人孤身一人，再三邀请他随船队到高丽国居住。老人的孙子舍不得这块养育了他的土地和爷爷为之流血的小岛，婉言谢绝了客商的邀请。中年人见恩人言辞恳切，遂决定将跟随自己一道来的独生女儿许配给他。3日后，举行了隆重的婚礼。高丽客商回国前，将珠宝的一半拿出，为死去的恩人在岛上建造了一个大寺庙，并从五台山聘请了高僧来此主持，天天念经祷告。从此，高丽客商的女儿和老人的孙子在岛上过起了快乐幸福的日子。

不知又过了多少年，海水往南退却300里，退至今日照石臼。无名岛呼啦露出水面，从南向北四座小山一字排开。后来，随着人烟增多，山下渐成了一个很大的村落，取名南西峪。村里人为纪念他们的祖先，将老人所在的山取名为石人山，并将寺庙翻修一新，从此香火越发旺盛，庙里整日香烟缭绕。只可惜这些寺庙后来多被损毁，今只留残垣断壁。不过，现在石人山上的石人还在，老人当年开客栈用的石碗、石盆、石凳子、石茶碗、石酒杯什么的仍保存完好。

如今，南西峪村及石人山一带都开成了大理石矿，但谁也没有忘记那位有着崇高美德的老人的功德，更没有人将石人毁去。到现在石老人还一直静静地站在那儿，日日夜夜眺望着远方，一刻也不离地守护着他曾用鲜血和生命保卫过的这片土地。

白菜花，母亲花

清明节前夕，春寒料峭，我回老家看望八十老母。刚一推开屋门，迎面几朵金黄色的小花扑入眼帘。那花就放在一只带五星的老陶瓷碗里，摆在缺了一角的一张旧菜橱上。我很惊喜，哪来的花？这么黄？我一边自言自语，一边被花牵引着凑上前去看个究竟。一根碧绿的茎，顶部挑着四五朵淡黄色的花，密密麻麻，那么惹眼。我立时喜欢上了它。

正弯着腰，歪着头看着，母亲进来了，见我在看花，笑着说，好看吧？我说还行，什么花？

怎么你不认识？你猜猜看。母亲跟我打起了哑谜。半天还是没想出来。我摇摇头。一向快人快语的母亲终于忍不住了，说，白菜花。你小时候天天吃的大白菜开的花。

白菜花？白菜花这么好看？！我惊呆了。这是我第一次看到白菜开花。我简直不敢相信，普普通通的大白菜居然也能开出颜色这么好看的花。想不到你平凡的根居然有着这样神奇的力量。你让我看到了你生命的另一种美。我所从来没有注意到的美……那一刻，我竟有些莫名的感动。

小时候，每年冬春，家里几乎天天吃大白菜。熬着、炒着、包着……成家了，每到冬天，老家都给我送白菜，我也常回家拿白菜。巧手的妻子会做出各种吃法。腌白菜小咸菜、白菜炖咸鱼是我的最爱，让我百吃不厌。就是这样一种几乎和我朝夕相处的一种菜，我却从没见过它开花。世间的事往往就是这样，明明就在你对面，你却没看见它。

人家退休了养花种草，您老也老来俏，养花种草来了？我打趣说。母亲却说，养花还分退休不退休，年老年少？再说了，这白菜花不花钱，又好养好看。白菜根白白扔了白糟蹋了，留着开花养眼。

呦，母亲还很懂美学和经济学。看来这爱美之心人皆有之，即便八十岁的农村老太也不能例外。我很为母亲的精打细算和爱美之心所打动。白菜花从此植入了我的大脑芯片。

从老家回来那天，看到厨房的菜板上还放着一个白菜疙瘩，想起母亲的那碗黄灿灿的白菜花，一时心血来潮，拿起白菜疙瘩，把白菜头扒了扒，做了一番美容之后，只留中间指头粗的一块，找了一个精致的小花碗，倒上小半碗水，把它小心地放进去，端到卧室的窗台上，拉开窗帘，让外面的阳光透进来，暖暖地照在菜根上。

每天早晨出门前，或者中午下午下班后，我都过去端详一番。中午的时候，把它挪到阳光充足的地方。晚上回来一边看着它，一边闭上眼睛深深呼吸一口新鲜的空气，一天的疲劳顿时烟消云散，浑身都透着轻松和舒畅。

约莫十几天后，白菜根的顶部长出许许多多米粒一样密密麻麻鹅黄色的花蕊，如黄缎子一样，让人平生一种爱怜。大约四五天时间，那些小米粒逐渐膨胀开来，开成一朵朵金黄金黄的花。形状像百合，又像君子兰，但又比这些名花异草多一种说不出的、异样的韵味，翠绿色的层层嫩叶裹着米黄色的花蕊，像刚从玉石上雕刻出来的一样，显得高贵典雅。茁壮的花茎直接孕育在瘦小的母体上，显示出了极强的生命力！这时候你不能不诧异它的神奇和伟大。

这碗白菜花摆在装修比较现代的房间里，看起来似乎与周围的环境有些不太相称，也与卧室里、客厅间那些君子兰、菊花、蝴蝶兰一类的所谓名花格格不入，它的名字是那么的土气，没有半点的洋和雅，但我却特别喜欢它，对它高看一眼。因为这是老家送的白菜开出的花。更因为它和我的那些整天在泥土里摸爬滚打、辛勤耕耘的父老乡亲、兄弟姐妹一样，朴实无华。它同样装饰着我的居室,美化着我的生活,美丽着我的心情。

　　说来也怪,自从家里养了这白菜花,我的心情变得格外舒畅,心境特别明朗,每天都像有什么喜事要与别人分享。看到它就像看到了家乡,看到了家乡的亲人,闻到了乡间泥土的芳香,听到来自乡间树林里特有的清脆悦耳的鸟鸣。是它把我带到了童年,带回了那久远的岁月,让我看到故土那些熟悉而亲切的面容……

　　大白菜是平凡的,是我们北方最为常见的冬令菜蔬。它不仅味道鲜美,滋味悠长,而且易栽易种易于储存。它曾经与我们患难与共、朝夕与共,伴随我们度过那一个个艰难困苦的日子,送走了那些个难忘的日子。即便现在,它仍然是我们城乡居民菜篮子里不可或缺的蔬菜。它养育了并养育着一代又一代人。

　　就是这样既普通又做出卓越贡献的一种蔬菜,我却随着生活条件的改善在逐渐疏远着它、淡忘着它、冷落着它,甚至从没有想到过它会开花,若非亲眼所见也不相信它会开花,又能开出什么好看的花。

　　有谁想过这样一个问题:绝大多数的大白菜,都没有走完它一生的旅程。它的一生,充其量只走了一半,而它的美丽、它的精彩、它的热烈,还没有得到足够的展示,生命便被人们无情地终结了。只有少数的白菜,为白菜家族承担着传宗接代的任务,但它们的开花,是绝对不会被以卖白菜种子为谋生手段的菜农当成风景来欣赏的。对着那株白菜花,心中的感慨颇深,一种负罪感油然而生。

　　我由此想到我们人,其实人生也是这样。没有漂亮或健美的外表,没有华丽的衣裳,没有香车高楼,没有权势金钱,没有绚丽,没有辉煌……这些你都不必太在意,好好过你的日子好了,简单朴实不也是一种人生,也是一种生活之美吗?既然你不是雍容华贵的牡丹,那么做一棵大白菜好了,默默地生,无怨无悔地奉献,生活需要你开花的时候只管开好了。这样的日子这样的人生难道不好吗?

　　白菜花,你是纯朴的花。你不挑剔不任性,你不高贵,也不娇媚,不争春,但你有一种难言的美,一种世间最朴素最真诚的美。你不讲条件,不苛求于人。只要生命还在就要昂起头颅,向着太阳开放。你美得大气,美得让人震撼,美得让人温暖。

白菜花，你是温暖的花。你的身上溢满了山间泥土的芬芳。你金黄的笑脸是那么温暖，把人带进了一个煦暖的春天。即便在数九寒冬，只要看到你，就能感受到春的希望，看到明媚的阳光。谁拥有一个小小的你，谁就拥有了一个美丽的春天。

白菜花，你是乡间母亲花。你是宽厚博大的，是包容一切的。你积极向上的姿态，无不昭示着你对美好生活的渴望。你属于一切爱美的人，爱生活的人。

白菜花，我要向你学习，即便再普通，只要生命不止，就要努力开出属于自己的一朵花，用热情和活力开出一个春天。

白菜花，我已想好了，每年冬春，我都要亲手栽植你养育你，珍惜你。像捧着一个刚出生的婴儿一样，小心翼翼地将你轻轻放置于我的书房、卧室、床头，我要与你朝夕相处，不离不弃。

白菜花，我的母亲花。有你在，我的每一个平凡的日子都会是最美最饱满的春天。我要像母亲一样爱你，珍视你，天天看着你照顾着你。我更要像母亲那样，不管贫寒或者富贵，也不管年轻还是年长，不管站得高还是站得低，不管……永远都做一个健康向上热爱生命热爱生活的人。

九仙小吃醉游人

九仙山位于山东省五莲县城东南约14公里处，驱车不用半个小时。山的海拔高度虽然仅有697米，却素以"奇如黄山，秀如泰山，险如华山"而著称。明代礼部侍郎翁正春赞曰："真齐鲁间最圣地也"。近年来，随着旅游业的兴旺，九仙山愈来愈成为日照乃至全省重要的旅游景区。

大凡到过五莲九仙山的游客，无不被九仙山秀美的景观、动人的传说和灿烂的文化所吸引与陶醉。笔者虽然身为五莲人，但一直没有机会游九仙。去年秋，因为一个笔会的缘故，笔者有幸一览这座被宋代大文学家苏轼誉为"九仙今已压京东"的齐鲁名山。这次九仙之行，笔者除了和绝大多数游客一样，饱览了九仙美丽的容颜、真切感受到了它久远的历史文化和空灵神秘之外，另有一个重要收获是饱尝了各类九仙小吃和特产，并深深陶醉在这些小吃之中，颇有些乐不思归的感觉。愚以为，九仙小吃和特产亦应列为九仙一大特色，只可惜九仙小吃仍是"养在深闺人未识"。

九仙山小吃和特产品种特多，风味亦很独特。笔者最为欣赏最感兴趣的当数九仙板栗、小国光苹果、地碱皮、山菜、九仙豆腐、蘑菇、煎饼、酸枣茶等特色小吃和物产。先说九仙板栗。九仙山一带发展板栗生产有着悠久历史，境内土壤肥沃，光照充足，降雨丰富，各种自然条件都非常适宜板栗生长。板栗栗实、个大、饱满、油足、耐贮藏，果肉多为金黄色，富糯性，甘甜味浓，外皮易剥离。甜，柔软可口。生吃脆生，口感极好。用板栗煮土鸡，做成"鸡刨栗子"，则是一道上好的美食，也是民间用来待客的上等菜肴。若是露天烧着吃，那更是别有一种风味。烧熟的板栗，呈金黄色，外皮略糊，趁热食之，或香脆绵软，或香面酥口，那种感觉简直是人间美味。九仙山列入风景区之前，每到秋天花生收获时节，常有山民烧板栗吃，现在是不允许这样在山中露天烧着吃了，不过可以到农家的小院子里品尝。那次在一户农家，我们有幸吃到了火烧板栗，着实过了一番馋瘾。临走时好客的主人还亲自硬是塞给我们每人一大把烧板栗，装在衣兜里，一路走来一路吃，真是惬意极了。

"吃过"了香喷喷的九仙板栗，再来"尝一尝"九仙苹果。九仙苹果品种很多，最负盛名的当数小国光苹果。据介绍，当年这种苹果曾出口东南亚。由于独特的地形原因，形成了这里特有的温润的小盆地气候，为优质果品的生产创造了得天独厚的条件。小国光苹果汁多、特脆，易储存。过去吃大锅饭的时候在五莲是当家品种，但近年来随着新品种的引进，这种苹果在整个日照乃至山东都已少见，但仍有不少人喜欢小国光独特的风味。只有在这里，游客可以品尝到正宗的小国光苹果，回味远逝了的岁月。在山上一户农家的小果园里，我们一边自己动手采摘苹果，一边慢慢品尝，越嚼越有味道，嚼着嚼着，不由得回想起小时候和小伙伴们一起，中午头顶着烈日，到生产队的果园里偷苹果被看苹果的追逐的好玩情景。一晃三十年过去了，而今我已人到不惑之年，不禁平生出"逝者如斯夫，不舍昼夜"的感慨。

九仙煎饼同样诱人。煎饼为五莲民间主要食品，以小麦面粉、红薯面粉、小米面、玉米面为原料，绞成浓糊状，上热并摊烙而成，饼薄如纸，色调微黄，质细香。煎饼虽然并非五莲独有，但九仙煎饼与别处不同，它主要以去皮的地瓜为原料制作而成，配以鲜嫩豆腐和辣椒，色细白，不干不柴，筋道有咬头，若是再卷上几条小黄鳝子鱼，着实美味可口，据《山东文献》记载：黄鲫子鱼卷煎饼，为日照食品之一绝，久食不厌，食用方便，便于保存。在靴石村，农民老刘热情邀请我们品尝他手工烙的煎饼，配上九仙大豆腐，九仙大葱拌辣椒，香喷喷，软鼓鼓的，实在解馋过瘾。连我这不太喜欢吃煎饼的人都胃口大开，一连吃了两个煎饼，虽然撑得直打嗝，心里却还想着再吃一个该多好。

九仙豆沫子更是别有风味。豆沫子，在五莲方言叫"冻麻子"，是山里庄户人家用黄豆面和蔬菜做的一种副食。山里人常吃的有开春的白萝卜豆沫子、干萝卜缨子豆沫子；三伏天的菠菜豆沫子、地瓜秧头豆沫子；有秋天的爬豆荚子豆沫子、辣菜缨子、萝卜缨子豆沫子；冬天的方瓜豆沫子，五花八门，啥都有。而我最喜欢吃的是萝卜的和地瓜秧头的。萝卜豆沫子做法，是将大白萝卜用礤床子擦成条，上锅煮煮，淘净水分，再撒上把粗盐粒子和豆面，蒸熟拌拌就成了。这种豆沫子吃起来香、有点硬，但口感好，有咬头。地瓜秧豆沫子，农历六、七月，雨水大，地瓜秧疯长的时候，专掐那些又嫩又胖的地瓜秧头，用刀切碎用开水一烫，淘去青干气味，再煮熟即可。这种豆沫子吃起来黏、软、爽口，最有吃头。我最喜欢的吃法是煎饼卷豆沫子就大葱，拿一个厚墩墩的大地瓜干子煎饼，包上一大包豆沫子，夹上根粗白子大葱一卷，张开大口用力一咬，那种快意简直是人间的一大享受。当然啦，要是再抿上点豆沫子酱就更美不过了。可惜我们去的不是时候，已经错过了地瓜秧最嫩的时节，只有等下次来一饱口福。

九仙小笨鸡鲜美无比。九仙小笨鸡以其肉松、味鲜、营养丰富在五莲远近闻名。在九仙山前苇场村的一户农家，我们有幸品尝了地道的九仙小笨鸡。这只鸡不大，两斤左右，色金黄。主人告诉我们，正宗小笨鸡一般是散养在山上，不喂饲料，更不喂任何药物，笨鸡主食虫子，发育比肉食鸡慢得多。六七个月的时候食用最佳。成年小笨鸡重一般在两斤左右。市场上价格很高，每市斤约15

元以上。虽然价格偏高，但因为是纯绿色食品，所以市场仍然供不应求。小笨鸡的传统吃法是炒辣子鸡，也有喜欢吃白斩鸡。主人经得我们同意，做了一道白斩鸡。除放了一点葱、大蒜、辣椒之外，并不加任何佐料。刚出过的鸡肉特别白嫩，吃起来非常松软滑润，味道竟是想不到的鲜美，是我平生所没有吃过的。一只鸡不一会儿就被消灭了个精光，人人称赞不已。

九仙枣叶茶香飘万里。这里说的枣，指的是生于九仙、长于九仙的野酸枣。九仙山周围，漫山遍野、沟沟岔岔，都成片成簇地生长着无数的野酸枣。每年开春时节，酸枣发芽的时候，山民们便成群结队到山岭地堰采摘酸枣嫩芽，然后上锅蒸去青干味，再经过炒、煎、造型等几道工序制成枣叶茶，省钱又当茶，有的还到城里卖钱呢。在毛家河村的一户农家，我们品尝了这种茶。这种茶乍看叶片绿绿的，蜷曲着，闻之有一股淡淡的苦味。主人捏了一小把茶叶，放进口杯子里，冲上开水。不一会儿，茶叶便一点一点地舒展开了，叶片圆圆的，嫩嫩的，一看就知道是初春的酸枣叶。那圆嘟嘟的叶片，碧绿的茶汁，看着就惹人喜爱。我虽然不懂茶道，但轻轻地啜了一小口，清香、微苦，感觉真的不错。喝惯了茉莉花茶、日照绿茶，再喝喝这酸枣叶茶，确是别有一番风味。

九仙特产和小吃有名的除了上面说的几种，还有九仙山菜小豆腐、九仙地茧皮、九仙蘑菇、九仙黄花苗、九仙蚂蚁上树等等，数不胜数。每一样都具有浓厚的地方特色和风味，每一样都会让人大饱眼福口福。苏东坡有诗：日啖荔枝三百棵，不辞长作岭南人。笔者套用过来：日有小吃一顿，百年愿做九仙人。相信总有那么一天，更多的游客将对九仙特产和小吃格外青睐。

第七辑 / **故乡那些事**

写在耙齿尖上的智慧

儿子上高三,即将面临高考。儿子的学习属中等偏上水平,但离考上大学还有一段不小的距离。因为儿子所在的高中是一所普通乡镇高中,每年考上大学的比例约在五分之一。

儿子很为自己的成绩担忧,心里很着急,一门心思想着赶到班里的前头。于是儿子把一切能用上的时间和精力都投入了学习上,以便尽快挤到全班前五分之一的梯队。

但事与愿违,儿子越着急,越想考好成绩,考试就越不理想,并且成绩迅速下降,眼看连中等层次也保不住了。照这样下去,高考已成无望。儿子绝望了,不知不觉地在心里敲响了退堂鼓。儿子收拾了一下书包,趁着晚自习老师同学不注意,悄然地溜回了家。儿子的家在一个偏僻的小山村子里,他是全村第一个也是唯一一个高中生。儿子的父亲死得早,家里只有一个六十多岁的哑巴母亲,靠务农供儿子上学。

母亲见儿子回来了,脸上现出一丝惊喜。然而,在看到儿子的书包之后,母亲明白了——儿子不打算上学了。母亲经过短暂的惊诧以后,什么也没说,事实上也不可能说出话。母亲拿起磨台上的一个网包和一杆耙,拉着儿子出了家。儿子在后面不情愿地跟着。母子俩来到了坡里,这里杂草丛生。母亲放好网包,拿起耙"垮哧垮哧"开始搂草。儿子心情复杂地傻站着。母亲搂了半天,什么也没搂上来。儿子很奇怪:这么多草怎么没搂多少?儿子正在纳闷,母亲把耙放在儿子跟前,儿子低头仔细一看,不禁笑了:原来这耙的齿子全是直的,而好耙的齿子应该是弯的。母亲掏出火柴,点着,放在耙齿子下燎着，然后将耙齿子弄弯。母亲接着搂草，只几下就搂了高高一大堆草，很快填满了网包。

儿子弯腰想帮母亲背网包，母亲夺过网包，三下两下将草倒掉。然后将耙举到儿子跟前，一边摸着耙齿子，一边默默地望着儿子。儿子一声不响地看着。母子俩就这么待了好长时间。儿子终于从母亲的举动中明白了母亲的真正意图。母亲不是来搂草，她是想告诉儿子什么。儿子看着弯弯的耙齿子和倒在地上的一大堆草，突然眼前一亮，一下子全明白了。儿子转身回了家，背起书包再次回到了教室。母亲看着儿子坚毅前行的背影笑了。

从此，儿子变得沉着、冷静，少了浮躁和不安，心里不再老想着成绩和高考，学习也变得有张有弛。渐渐地，儿子的成绩赶上来了。那年高考，儿子一举获得全班第三，顺利地考取了省内一所重点大学。这位哑巴母亲是智慧的，她用无声的语言告诉儿子一个直观的道理，这就是：伸直的耙齿子是搂不到草的，耙齿子只有弯曲和收回势态的时候才能搂到草。

其实，人生也是如此。每个人都有自己的欲望，就像哑巴母亲的网包。耙齿子的弯曲和收回不是后退，而是为了更好地前进，获取更大的收获。谁学会了克制和收敛自己的欲望，谁就会在平和中填满自己的"网包"。这也就是耙齿子上的智慧。

夹自己一边的菜

那是一个非常尴尬的场面。它让我18年来一刻也无法忘记。那情形至今一闭眼就浮现在眼前。

那年暑假，我和外校的老师一起到外地参加函授学习。下了长途汽车，时近中午，我们便在车站附近找了一家小餐馆就餐。我们委托一人随便点了几个菜，其中有一盘芹菜，这是我比较喜欢吃的一个菜。只片刻工夫菜就上齐了，我们开始吃饭。我正夹着一筷子芹菜，低着头有滋有味地吃着的当儿，突然听到桌子上有个老师说："老厉，夹自己一边的菜！"这话说得毫不客气，仿佛晴空一声霹雳，震得我心里突地一沉，手一抖，夹着菜的筷子差点脱落。正在吃饭的其他几个老师都停止了咀嚼愣愣地看着我。场面顿时尴尬极了。

自己长这么大，当老师也这么多年了，头一次在饭桌上因为吃相不雅让人挑出毛病。我羞愧极了，只觉得脸上火辣辣的，像被人抹了辣椒一样。我真想找个地缝儿钻进去。我努力镇静了一下，仔细看了一下那盘芹菜，发现对着自己那面的盘里的菜一动没动，而盘对面的那边却被我吃掉了一大半。原来自己真的不知不觉中已经"越界"了。

我不知道那顿饭是怎么结束的，那天的学习又是怎么进行的。但我却永远记住了那位老师的那句"夹自己一边的菜"。以后的4000多个日日夜夜里，我曾不止百次千次地回想起这句话。每回想一次心里就有一次新的感受。虽然那位老师的话当时有些不顺耳，甚至叫人脸上挂不住，可越反思越觉得他的话说得好，并且从中体味出这话里居然还颇有一些人生的哲理味。

"夹自己一边的菜"，这话说得多好！它如暮鼓晨钟，提醒我们无论做什么，包括最简单的吃饭的场合，都要注重基本的道德礼仪规范，注重生活细节，不要让一个不起眼的小细节小动作小习惯坏了自己的形象和一世英名。

"夹自己一边的菜"，它像一位长者，教导着我们要经得起生活的考验。在这个色彩斑斓、物欲横流的世界，诱惑我们的东西很多很多：金钱、地位、权势、美色，等等。它们如同一盘盘色彩鲜艳、美味无比的"菜"，让人垂涎欲滴，变着法子挑逗着人们去夹它。有的人不看是否该夹，饥不择食，把原本不属于自己的东西，通过各种不道德不合法的手段，甚至不惜牺牲名誉和生命"拿来"，据为己有。这样做，也许一时很痛快很惬意，但到头来只能落个惹人嫌，让人烦，自取其辱的下场。生活中，这样的例子举不胜举。

"夹自己一边的菜"，它提醒我们做事不要太贪婪，不能吃着碗里的瞅着锅里的，这山望着那山高，隔着锅台上炕，一定要多想着别人，心里时刻装着别人，多想想别人的感受。要学会知足常乐。记住，不属于自己的"菜"不要去"夹"。

"夹自己一边的菜"，它还告诉我们，即便是自己的"菜"，也不能想怎么夹就怎么夹，要一边一边地来，不能没有章法乱夹一气，否则就有可能把筷子伸到别人那边，伸到别人的碗里。

"夹自己一边的菜"，短短的几个字，却包含了丰富的人生智慧与哲理，蕴含着许多做人与处世的学问。它不单是一条就餐礼仪，更是做人的一条基本原则，人际交往的基本行为准则，也是立身立世、为官为政的一项道德规范。

这些年来，随着年龄的增长，我越来越喜欢这句话，从心底里感谢这位老师，是他的一语惊醒梦中人，给我上了一堂生动的人生课，无偿赠给了我许多做人处世的道理。"夹自己一边的菜"，这是我一生中最为宝贵的一笔精神财富，是促使我不断走向成熟成功的钢鞭，我将永远铭记，好好珍惜之。

人生世上，生活的准则千万条，可首要的一条就是：伸筷子之前要想一想，这菜是不是自己的，该不该夹，怎么夹。一句话，"夹菜"要"夹"自己一边的。

1987年的一只苹果

　　生在苹果之乡，从小到大，吃过的苹果不可谓不多。但独有1987年春天的一只苹果给我留下的印象最深刻，以至于至今常常记起。

　　那年，我在一所乡镇高中读高三。因为即将面临毕业，学习非常紧张，精神压力很大。虽然学校离家只十多里的路程，平时也难得回家一次，所需的干粮都是父母给送来，生活条件十分艰苦。我那时心情常常莫名地郁闷和烦躁，为学习成绩进步缓慢，也为这枯燥乏味的毕业班生活。

　　那时，与学校西墙一墙之隔，有一大片苹果园，那是学校前面那个村子的。初春的果园树上一片树叶都没有了，只有光秃秃的枝条向四下舒展着，好像在召唤着什么。果树下是一堆一堆腐烂的黑色苹果树树叶，偶尔还可以看到零零散散的一些积雪，听到一阵阵热热闹闹的鸟鸣。清晨、中午饭后、晚饭后，我们常常不约而同来到这里，这儿转转、那儿看看，或听听鸟鸣，或捡一片腐叶抛向空中。这片果园是我们那时消遣散心的绝好去处。

　　记得一天中午，吃过午饭，我拿着一本历史书，再次来到这片果树园，一边背书一边散心，脚不时地踢打地上的残雪和腐叶。没想到，一脚下去，一只苹果骨碌碌从一堆烂叶里滚出来。这是一只金黄色的苹果，可能长时间焐在树叶里的缘故，苹果皮焦黄焦黄的，上面还布满了星星点点的斑点。我一看高兴极了，赶紧弯下腰捡起来。看看四周无人，在手上来回擦了两把，只几口一只苹果就落肚了。印象中，那个香甜劲儿简直无法描述。

　　也许你要说我不讲卫生，也许说我太嘴馋，可当时的情形的确就是这样。那时虽然苹果树已在四五年前随土地一起分到户，可我家分的果树树龄长，品种老化，苹果产量低、品质也不好，加之家庭困难，家里人是不舍得随便吃掉一个好苹果的，更不舍得留到年后自己吃。记忆中，每年秋天所收的苹果家里是一个不剩全部卖掉换钱。所以，一年到头，也吃不上几个苹果。

就在吃掉那只苹果之后三个多月，我以较好的成绩考取了一所师范院校，成了一名大学生。录取通知书来的那天，村里不少人知道了，都纷纷夸我，说我有出息。可谁能知道，1987年的春天，我曾在那片苹果园里，那堆烂树叶下，捡到一只苹果，并且一点儿卫生也不讲地吃掉了它。

1987年的一只苹果就这样永久性地留在了我的记忆里。它让我时时想起那个物资匮乏的艰苦岁月，想起高考前紧张的高三生活，想起老师的谆谆教诲，想起家人的期盼，想起……它教会了我人要懂得珍惜、感恩、发奋的道理。这是我一生都享受不尽的财富。

我感谢1987年的那只苹果，感谢这只苹果的主人。

君子兰的回忆

每当周末下班回家，我总习惯地走到阳台上，默默地端详一番那盆黛青色叶子的君子兰。看到它，就会情不自禁地想起"老徐"——一个身患绝症但意志却异常坚强的老人，想起我和他同住一个病房的那十多个日日夜夜，想起我们俩之间的那段"忘年交"……

两年前的那个冬天，我因患甲状腺瘤住进了潍坊人民医院。在住院后等待手术的第三上午，病房的门开了，一个高个子、高鼻梁、颧骨高耸、面色蜡黄、极其瘦削的老人被护士搀扶着一步一挪地走进来。也许是出于同病相怜的缘故，见状我连忙起身向前，同护士一起把老人扶到空着的7号床上，并顺手给老人倒了一杯开水。老人躺下后，朝我笑着点了点头，目光里充满了感激。当天，老人便自我介绍了他的一些情况。老人姓徐,是昌邑市卜庄镇前卜庄村人。3年前因患肺癌进行过手术,后又两次转移,这次又诊断转成了骨癌晚期。老人谈起这番话的时候,丝毫也不避讳,始终微笑着,脸上看不出一丝一毫的绝望之情。老人年纪比我大两旬,照年龄我便喊他"叔",他却坚持让我叫他"老徐"。老徐的到来,使原本只有我一个病号的病房顿时有了些生气。

　　和老徐相处的十多天里,最让我钦佩的是他的乐观豁达和顽强的意志。对于一个明知自己身患绝症,不久便将离开人世的病人来说,要做到这点是何等的不易。老徐腿痛发作时,坐,坐不住;站,站不稳。揪心裂肺地痛,豆大的汗珠一个劲地冒。但每次老徐都咬紧牙关,一声不吭,硬挺了过来,有时还时不时风趣地自言自语地说,看到底是你硬还是我强,咱比试比试……老徐要做多项检查,年纪又大,体质又弱,上下楼很不方便,但只要腿痛不发作,他就坚决要求自己下楼,不要人扶,就是腿痛厉害,实在不敢走,也坚持不让用推车推,只让老伴和我扶他就行了。在手术前几天,我因高度紧张害怕,体温居高不下,情绪起伏不定,动辄对妻子发脾气要性子。每当这时,老徐见了总是开玩笑地说:"男子汉大丈夫,砍头不过碗大的疤,你这个手术是手术中的'小儿科',你就权当是被蚊子咬了一口,病是'势利眼',欺软怕硬,只要你硬起来,它就会被你吓瘫了……"老徐的这些话像开心丸,常常引得我不自觉地笑起来;又像一阵风,吹散了压在我心头的阴云,赶走了我内心的恐惧,增添了我面对手术的信心和勇气。特别是那天当我被放进推床要去做手术的时候,我的心狂跳不已,所有的神经都绷得紧紧的,脸皮都发僵了。老徐挣扎着坐起来,用他那枯瘦如柴的手拉住我的手,用力地握着,好像说:去吧,大胆点儿,可不许当逃兵……从老徐的手劲、眼神中,我分明得到了一股力量,一种启发,这是任何良药都不能代替的!很快,我狂乱的心便镇静下来。3个小时后,我顺利做完了手术。事后,医生夸我配合得很好,手术很成功。但他们哪里知道,其实我是个名副其实的胆小鬼,都是老徐给了我信心和力量。

　　老徐不仅在治病方面给了我莫大的精神上的帮助与鼓励,并且在怎样对待工作,怎样对待个人爱好等方面也给了我许多有益的启示。老徐20世纪五六十年代曾在县城师范当过十几年高小教师。1962年闹灾荒，师生食不饱腹，只好停课卧床苦撑苦挨。学校动员部分教职工回乡务农，许多人不愿回去，怕以后不能再当教师。老徐虽然是学校的业务骨干，但他觉得自己是个党员，关键时候应带头替组织分忧，便第一个报了名，背起铺盖卷儿，返回了农村老家，当起了农民。以后虽然很多下放的教师又重返回了教育岗位，可老徐却志愿留在了农村，永远失去了当教师的机会。老徐说起这段经历的时候，眼睛有些润湿，看得出他很留恋那段教学生涯。当他知道我也是教师的时候，老徐一再嘱咐我，当教师是神圣的职业，干一行爱一行，要多与学生接触，到学生当中去，和学生交朋友。要钻研好教材大纲，经常改进自己的教学方法，对学生要温和，千万不能动手打骂学生……联想到自己平时懒于深钻教材，很少和学生谈心、做家访，习惯于填鸭式教学等种种表现，我不禁深感惭愧。老徐的爱岗敬业精神是多么可贵，又是多么值得我们这些当教师的年轻人学习啊！老徐当教师的时候很喜欢新闻写作，是《大众日报》的通讯报道员。当得知我也是个新闻工作爱好者时，老徐颇有感触地说："新闻工作者不管是专职的还是业余的，都要牢记新闻人的职业道德。"他还说有一次为了核实一个新闻数字，他先后跑到采访对象那里三次，其中两次是冒雨去的，直到弄准为止。可现在有些新闻不新，水分太大，让人不相信。嘱我稿子写完后投稿之前应仔细想一想，有没有失实的地方，群众爱不爱读。这样才对得起读者，对得起"通讯员"的称号。

老徐喜欢养花种草，在他家养的几十盆花草中，他最喜欢的是那盆养了20多年的君子兰。他说不单单因为君子兰是名花，欣赏价值高，更主要的是君子兰就像那些为人正直、诚实守信、坦荡无私的人。他崇拜这样的人，愿和这样的人交往。听说我也有养花种草的嗜好，就仔细问我都养了些什么花，并教了我一些养花的知识。当他得知我也喜欢君子兰时，当即嘱咐老伴回家时把他那盆君子兰捎来送给我，并说我俩有缘，这样的花该你这样的人养。几天后，老徐的老伴果真把那盆君子兰带来了。老徐摸着已经掉了一层泥皮的花盆，就像抚摸自己的孩子一样。他双手捧着花，郑重地交给我。可我怎能夺人所爱，但终究拗不过他，盛情难却，只好收下。

有了老徐这个伴儿，十几天的住院生活转眼间过去了，我也基本康复，到了该出院的时候了。可老徐的病情依旧，没见有大的好转。我心里着实为他难过。出院那天，老徐拉着我的手说："我住院3次了，这是我最快乐心情最好的一次……"嘱咐我放了寒假到他家来玩，接着用颤抖的手亲笔写下了详细地址给我。末了，坚持让老伴代他送送我。当我捧着花盆走出病房快要转过老徐的窗子时，见老徐正伏在窗台上，一遍又一遍吃力地向我招手。我一边招手一边赶紧扭转过头去，含着眼泪走开了。与老徐分别后，我因病情反复，迟迟没有给他去信。直到3个月后才去了一封信，不承想收到的却是老徐已经去世的消息。捧着老徐的老伴找人代写的回信，我的心情十分沉重，泪水不知何时已爬满了我的双颊。相隔几百里，我不能到他坟上祭奠他，只好在心里一遍遍地祝福"好人一路走好"……

　　时间可以使人忘记许多东西，但我却不能忘记这盆君子兰的来历。每次看到它，就像又看到了它的原主人"老徐"，——一位极普通却又有着君子兰一样品质的老人，就会想起我和老徐相处的那十多个日日夜夜，想起我们俩之间的那段"忘年交"，想起老徐的谆谆嘱托和殷殷教诲，想起……

　　这一切，那棵长势旺盛蓬勃向上的君子兰自然可以为我作证。

 # 打 芦 叶

　　有时候，人的记忆就是奇怪。这不，这几天随着春日气温的回升，封存了一冬的许多往事也随着记忆的闸门"哗啦"一声打开，纷纷一股脑地冒了出来。小时候那次偷打芦叶的情景如同放电影一样，再次浮现在我眼前，它是那么鲜活，那么温馨，令我百次千次都回味不厌。

　　这事已经过去快30年了。那时我上小学四年级，正是活泼好动敢于冒险的年龄。那时候，家家户户都很穷，很多家庭开支，都是能省就省。记得那年夏天端午节前夕，一天晚上，我正在睡觉，迷迷糊糊中听见母亲说："又到端午节了，得包粽子。芦叶也还没买，听说今年的芦叶贵，一斤能买上年两斤。过两天我去下河打点，省俩钱孩子上学买本子。"只听父亲说："别，过几天我去赶集买点算了。"母亲"嗯"了一声，不再说话。一会儿，父母就睡着了。可我却睡不着了，脑子里忽然冒出一个念头：我去打芦叶。等打来芦叶，说不定父母一高兴，还奖给我一个鸡蛋换个本子呢，那种软皮本子我渴盼了很久了。我被这个大胆的想法激动着，瞪着眼一夜没睡，一直等天亮。

　　说干就干。第二天上午一放学，我就拿着事前准备好的一个化肥袋子，一个人不声不响地去了下河。下河在我们村后边，那里有一大片芦苇地，一条小河从村西流到这里汇集。村里人因此习惯称这里是下河——河的下游的意思。这片芦苇地是村里的工艺品组管的，芦苇专门用来编席子卖。为了不毁坏芦苇秆，工艺品组专门派了一个人看管，不让人打芦叶。可每年端午节之前，不少村里人都偷偷来这里打叶子用。要是谁偷摘芦叶被捉住了，结果有两条：罚钱或扣下芦苇叶。我的父母是本分人，加上父亲是生产队长，要面子，尽管家里人口多、

穷，但每年包粽子的芦叶都是他们上集花钱买的。

到了芦苇地，我仔细观察了一会儿，发现四周没有看苇地的。也许正好中午，看苇地的回家吃饭了。想到这儿，心里不禁一阵狂喜，赶紧进了苇地。中午的芦苇地非常寂静，偶尔有一两声水鸟的叫声从苇地深处传来。以前尽管曾经跟小伙伴们进来玩过，但这次一个人来，加上总不是光彩的事，心里不免有些紧张和害怕。我一脚踏进去，妈呀，淤泥立即没到了膝盖。我立时想起村里有个妇女不小心掉进淤泥里淹死的事，吓得我赶紧拔腿，可底下像有个人拽着，折腾了好一会儿总算拔出腿来。正想喘口气，这时猛然觉得腿上一阵钻心的疼痛，赶紧低头一看，原来是一条水蛭正趴在我的腿肚子上一个劲儿往里钻。我用力狠狠地拍了几巴掌，总算把它烀出来。惊吓让我退缩了，我真想回去算了，可空手而归又觉得不死心。我围着芦苇地的西面转了几圈，终于找了一块水浅、稍硬的地方勾拉着摘了些芦苇叶。等尼龙袋子快装满的时候，我才觉得脸上手上火辣辣的，这才发现手上满是泥水不说，还布满了被芦苇叶划出的一道道血印子。不过，看看袋子里的芦叶，想着今年父母可以不用花钱买叶子了，自己心里还是蛮高兴的。

正在为自己的劳动果实得意的时候，耳边突然响起了一个声音："嘿嘿，还摘了不少呢。"我抬头一看，不知什么时候，老师正站在我身旁，一旁还站着一位老大爷，我知道，他就是负责看管这片芦苇地的。我紧张得不知道说什么好。只听看苇地的大爷对老师说："我看了这么多年的苇地，村里没来摘过芦苇叶子的也就是他家。这小家伙很懂事，肯定是偷偷来的。""他家人口多，这些芦苇叶子不够用的，让我再帮他打些吧。"老师望着大爷说。我以为听错了，简直不相信自己的耳朵。老大爷看着老师，又看看我，什么话也没说就和老师一起摘起叶子。见状，我也赶紧再次摘起芦叶。

摘完芦叶往回走的路上，老师替我拿着袋子。我看到，他的手上脸上也被芦苇叶子划出了一道道白杠子。老师一边走一边说："你帮大人打芦苇叶动机很好，但不能一个人来，淤泥很深，万一掉进去出不来了那是很危险的。还有你是学生干部，要带头遵守群众纪律，以后可不能再做这样的事。"我听了，惭愧地低下了头。

下午放学回到家，我把事情的经过如实地告诉了父母，他们没有像往常那样说我，只是"唉"的一声，长长地叹了口气。第二天我才知道，原来中午午睡的时候，老师见我没在教室，从一个同学的嘴里得知我去了芦苇地。为这事，老师专门跟工艺品组道了歉。那些芦苇叶也是老师赔的钱。而当时老师家里也有六七口人，师母还常年有病，日子之困难可想而知。

因了芦叶的缘故，那年端午节的粽子，我吃出了一种从没品尝到的味，这味有甜甜的清香，也夹杂着一丝淡淡的苦涩。很多年过去了，我总不能忘记这种味，不能忘记那年中午偷芦叶的情景，不能忘记老师对我讲过的那番话。

春光渐深了，芦苇叶也发芽了，又一个端午节快到了。当年教我的那位老师现在还好吧？那年为一个学生赔芦苇叶钱的事他还记得吗？不过我想，这辈子我都不会忘记的了。

三棵树不见了

当我写下这6个字的时候，我隐约地感觉到，我的心在滴答滴答地泣血。

在别人的眼里，这不过是很普通的三棵树。说它普通，是因为它就是三棵在五莲山区常见的那种平柳树，最粗的一棵也不过一搂粗，最高的那棵也就四五米罢了；但在我的心里，它确是很不平凡的三棵树。它们一大两小，很明显，小的那两棵是从大的那棵上分生出来的，它们紧挨在一起，乍一看就像是一位母亲怀抱着它的两个孩子。因此，我在心里又给它起了个名字叫"母子树"。

记得第一次注意到它们是在3年前的那个夏天。我送母亲回家去，在离家不远的路上，母亲指着前边对司机说："到三棵树下车。"起初我一愣，什么三棵树？我可从没听说老家有个三棵树车站！待仔细一看，发现前面果然有三棵树。

那是怎样的三棵树啊，状如巨伞，枝繁叶茂，生机勃勃！树下有两个老者在乘凉，其中一个嘴里衔着一根长长的竹竿烟袋，正一边聊天一边悠闲地抽着旱烟。我的脑子里突地蹦出三个词：鲜活、绿、生命。

母亲说，这三棵树本来不靠路的，两年前修的这条柏油路正好穿过这里，它也就和路结伴了，咱这一块出门的人上下车都管它叫"三棵树"。我明白了，原来三棵树在老家人的眼里早已成了一个车站的代号了。你瞧，多朴实多形象的名字！

以后，我曾几次回家，每逢下车时，我都随母亲的称呼"到三棵树下车"。这样时间一长，三棵树竟成了我脑海中的一个最为亲切的词语。独在城市，每逢想家时，三棵树总是和母亲、老屋以及母亲养的那群鸡鸭联系在一起。我知道，在不知不觉中，它已经成了家乡的一部分，成了我生命的一部分。

可惜的是，今年春天，当我再一次回老家的时候，当我又习惯地对司机说"到三棵树下车"的时候，当车里许多人都朝我诧异地看的时候，我才突地发现原来三棵树不见了！

当时，我心里是多么的尴尬和失落，就像是一个常年靠拐棍走路的人一下子丢掉拐棍一样，没有了依靠，又像是一个在海上航行的船只失去了灯塔的指引，一下子没有了目标。

回到家，我跟母亲说起此事，母亲长长地叹了一口气：哎，去年过年的时候就没有了，听说村里人嫌种地碍事把它砍了……母亲的那声长叹里写满了失望和惋惜。一连几天，一种说不出的滋味始终占据着我的心头，为我，也为我的母亲和我的乡亲。

三棵树哪去了？我在心里一遍又一遍呼唤着，我仿佛听到我的心在滴答滴答流血的声响。

归来兮，三棵树！三棵树，归来兮！

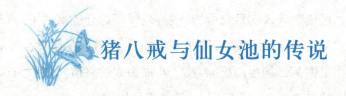

猪八戒与仙女池的传说

　　在山东省五莲县松柏乡驻地东南处，有一座闻名遐迩的大山，这就是被宋代大文学家苏轼誉为"九仙今已压京东"的九仙山。在九仙山主峰万寿峰的峰腰处，有两块巨大的石头，在这两块石头的中间，夹着一块酷似八戒头像的石头，石头面朝西，一脸色眯眯的样子。它就是《西游记》中大名鼎鼎的猪八戒。在万寿峰脚下，有一个南北走向长方形十多平方米的大水池，人称仙女池。关于猪八戒与仙女池的由来在当地流传着一个有趣的传说。

　　相传，猪八戒原是天蓬元帅，因为调戏嫦娥，违反天规，被玉帝贬入人间，又因错走畜生道，落地变为猪妖，安身在福陵山云栈洞。八戒虽然被玉帝责罚，但色心不改，经常腾云驾雾，游走四方，寻找美色。所到之处，飞沙走石，乌云蔽日，危害乡民。有一天，八戒驾云路过一座高山，但见这里山势突兀，诸峰错落，近视峭壁入云，怪石倚立；山谷蜿蜒曲折，清幽佳绝，壁立千仞疑无路，趋近却峰回路转，柳暗花明；山涧泉水汇流，或涓涓如丝带，或喷激如箭镞，溪水叮咚似琴鸣，瀑布激昂如擂鼓；潭水清冽，倒影摇动，如诗如画；涧边山坡，芳草茵茵，蜂飞蝶舞，林木成荫，古松如盖；更有山花烂漫，如霞似锦，景色十分秀丽。八戒一时被这人间仙境吸引，遂按落云头，停留下来。闲来无事，八戒昼夜在山间游荡，渴了喝泉水，饿了采野果吃，日子好不快活。

　　其实八戒何曾知道，这山原本唤作九仙山，相传早年间九仙山因火龙作怪，山上寸草不生，路过此地的八仙从天而降，济世救民，先由吕洞宾降伏火龙于龙潭沟，后来由蓝采和、韩湘子、何仙姑采来各种奇花异草遍播山间，铁拐李脱下靴子自东海取水，由山神用水浇灌护养了七七四十九天，终使荒山变成仙境。后人感念八仙和山神,取名九仙山以纪念。至今,铁拐李的靴子还立于此山。

且说八戒在九仙山一晃就是千年,这年阴历七月七日,民间乞巧节的晚上,八戒神游归来,正有些倦意,倚着万寿山石打瞌睡,突然听到前面传来"哗啦,哗啦"的泼水声。八戒借着淡淡的月光凝神一看,发现不远处的水池里,有一位绝美的少女在洗澡。那女子洁白的皮肤、瀑布一样的长发、修长的胴体、美丽的舞姿,在朦胧的月光下显得那么神秘,立刻激起了八戒极大的兴趣,好色之心如熊熊烈火般燃烧起来。其实这位少女不是别人,正是王母娘娘的小女儿——织女。是日,经王母娘娘恩准,正前往牛家庄与牛郎相会。织女在半空中见九仙山有一水池,水质清冽,波光粼粼,心生爱怜,便按下云头,歇息洗浴。

八戒正看得如痴如醉,蠢蠢欲动,一不小心,踩翻了一块石头,骨碌碌滚到水池边上。织女大惊失色,一边急忙穿衣,一边四处搜寻。猛然发现八戒正趴在两块石头中间,色迷迷地偷看自己。织女又惊又气,趁八戒不留神,使出定身之法,将八戒定住在石头上,而后驾起祥云,与牛郎见面去了。

八戒偷窥织女洗澡,被织女告到天庭。玉帝勃然大怒,加罚八戒再在人间一万年,并且万年之后,与孙悟空一起,跟随唐僧到西天取经,遭受千难万险,以示惩戒。

八戒身体被定住动弹不得,只好使个法子,丢掉皮囊,将魂魄化作一缕青烟,仓皇返回福陵山云栈洞去了。但八戒好色成性,一万年后,又闹出高老庄娶亲事端,终被孙悟空擒拿,后和孙悟空、沙和尚一起,保护唐僧到西天取经,这才归入正途。八戒西天取经,吃尽苦头,饱经磨难,色心渐收。

八戒取经有功,被封为净坛使者之后,曾多次向玉帝提出收回自己的皮囊,被玉帝拒绝。日久天长,八戒的皮囊也就化作巨石,被牢牢地夹在两石之间,它那色迷迷的样子成为后人笑柄。后来,人们为了纪念织女,将织女沐浴的水池称作仙女池,将织女歇息的山洞称作织女洞,称八戒皮囊化成的石头为戒石。

如今,随着旅游业的蓬勃发展,九仙山已成为鲁东南著名的风景区,织女洞和戒石成了游人必看的一景。很多姑娘、小伙子都愿意在此合影留念,以便让自己的心上人永远记着八戒那段可笑的故事。

神茶树的传说

在鲁东南中部绵延的群山众巅间,有5座相连、状似莲花的大山,这就是闻名遐迩的风景胜地省级森林公园五莲山。在五莲山主峰天竺峰下,有一个酷似一个人手指并排着的5块巨石,这就是有名的"仙人掌",在仙人掌的二指与三指之间,生长着一棵枝繁叶茂的野茶树,这就是驰名齐鲁的神茶树。关于这神茶树和仙人掌的来历,流传着一个非常美丽的传说。

相传,很久很久以前,五莲山叫五朵山。有一天,八仙路过五朵山,但见山高入云,千奇百怪,可整座山上不见半点绿草,不闻一声鸟鸣。八仙见状,十分奇怪,遂降下云头,唤来山神询问。山神长叹一声道:"3年前,此处出了一条火龙作孽,五朵山周围天旱地裂,草死木枯,颗粒无收。老百姓无法度日,只得扶老携幼,远走他乡……"

八仙闻听此言,大为恼怒,决计暂停过海,除怪治山,造福生灵。于是,吕洞宾高举七星宝剑,血战七天七夜,斩杀了恶龙;汉钟离手舞铁扇,邀来习习凉风;铁拐李驾起祥云,赶到崂山,脱下一只靴子,装满了仙水,又以柳枝蘸水,撒遍五朵山的每个角落;貌美心善的何仙姑见土松石软,喜得托起百花篮,把鲜花、草籽撒遍全山……不几日,五朵山上便山花烂漫,草木丛生,硕果累累,鸟语花香。见五朵山恢复了原貌,八仙即脚踩祥云,悠然向蓬莱飘去。

八仙走后,山神便欢喜地满山巡视,行至五莲山顶,他望望一块直插云霄名叫天竺峰的巨石,便沿石向上攀去。行至天竺峰腰际,一低头,发现一粒核桃般大小的种子裸露在石缝处,未见发芽。山神想把这粒种子拿出来种到别处,可他的手伸进石缝，离那粒种子总差半指，无论如何也拿不出种子。无奈何，山神只得到别处弄来一些黄土，将种子埋了，又巡山去了。

一转眼，九九八十一年过去了。这粒种子破土发芽，从天竺峰半山腰的石缝里钻出来，长成一株碗口粗的野茶树。遥望此树枝繁叶茂，近闻此树清香扑鼻。当地人称其为"神茶"。

到了明代万历年间，四川高僧心空和尚云游五朵山，只见五朵山山清水秀，峰峙壁立，禁不住惊叹大自然的神奇造化，赞不绝口，因而造庙定居下来。

不久，万历皇帝的母亲李皇后因患眼疾，双目失明，汤水不进。宫中御医看遍，却无人能治。皇帝心急如焚，张榜天下：有能治愈者，赏黄金万两，赐官一品。心空久研医道，精通医术，云游中曾治好不少疑难病症。他早知道神茶来历，于是冒险攀上悬崖，采来几枚叶片，配成药方，带着药方赶赴京城，为李皇后治疾。一剂药服下，李皇后便觉胸阔气畅，食欲大振，双目发痒。三剂过后，李皇后盲眼复明，顾盼自如。皇帝大喜，传下旨意：耗银万两，敕建五莲山护国万寿光明寺。一庆母亲眼见光明，二祝母亲长寿万年，三求明代江山永固，四改五朵山为五莲山。

寺院建成后，心空不愿为官，便留在寺中当了住持。心空广收门徒500名，整日烧香念经。五莲山上香雾缭绕，好不兴旺。数年后心空圆寂，后世寺院住持立有规矩：每日采神茶一片，熬制成汤，供奉心空。他人未经许可，不得采摘，否则乱棒打死。众僧每次闻其清香，无不垂涎。

有一次，住持下山办事未归，茶树暂时由一高一矮两个和尚看护。哪知这两个小和尚嘴馋，想尝尝神茶的味道。到了夜深人静的时候，俩人壮壮胆子，偷了两片茶叶煮煮喝了。不料茶水进肚，两人就感到腹内饥饿难耐。四下寻找食物，可忙了半天一口吃的也没找到。两个人揉着肚子，蹲在地上，难受至极。蓦地，他们听到一声驴叫。这一声驴叫把他们提醒了，想起寺庙东侧石柱上拴着寺里拉磨用的大叫驴。这当口儿，两人早已忘记了寺里的清规戒律，立即偷偷地把驴子牵到一块石壁后头，用衣裳塞住驴嘴，一刀把驴捅了。两人剥皮取肉，把肉串成葫芦，将干柴堆起点燃，烤驴肉吃。两个小和尚边吃边喝，到了四更天时，一头驴子就吃得干干净净了。

两个和尚撑得饱嗝连天，好不惬意。正在得意之时，高个和尚无意中看见地上的驴皮，忽然头皮发炸，胆战心惊，失声叫道："坏了，咱惹下大祸了！"一句话把矮个和尚惊得呆若木鸡，两人一合计，不敢在山上久留，匆匆给要好的僧侣留下书信一封，即刻远走他乡去了。

从此，五莲山内外的人都知道了神茶助消化的妙用，越发想先尝为快。这事儿传到五莲山下的榆林村，村里有一个名叫"没够"的财主顿生歹心，要把茶树占为己有。可是，为防人盗，寺里的人昼夜值班看守神茶，不好得手。财主便在一个月沉星稀的黑夜，躲过层层岗哨，潜伏在天竺峰下。天竺峰峰高壁绝，要攀登上去，难上加难。但他贼心已定，不顾生死，伸出多年未剪的利爪，忍痛插进石缝，像爬墙虎一样一步步攀到树下，用满是黑血的手指一点点地抠起来。指甲磨光了，他就用牙啃，眼看神茶要被他挖出来了，碰巧被巡山的山神遇见。山神一看摇摇欲坠的神茶，立时怒火攻心，奔上前去用右手托住神茶树，左手猛地拽住财主的一只脚往旁边一甩，财主一下子摔倒深涧，头碎身裂，一命呜呼。

山神为了防止神茶倒下，就用土石仿照自己的手重塑了一只"手掌"。手掌的二指与三指将神茶树牢牢箍住。人们为纪念山神，就将此掌称为"仙人掌"。

几千年过去了，至今，这只手掌还清晰地留在树下托着神茶呢！这仙人掌和神茶树早已成了五莲山风景区有名的旅游景点，每年吸引了数万计的游客前来观光。

一枚奔马印章

在我的记忆里，珍藏着一枚拇指大的石质奔马印章。它虽然不是出自名人之手，也不值什么钱，但在我心里它却比金子还贵。看到它，我就觉得惭愧，觉得很对不起它的雕刻者——我的一位学生。

18年前，大学毕业后我被分配到一所偏远的山区初中教初一语文。那年我19岁，正是年轻气盛的年龄，加之刚参加工作，一心想干出一番成绩，心里难免浮躁和盲动。总希望自己的课上得最好，总希望学生都能喜欢自己。抱着"严师出高徒"的信条，在第一次登上讲台我就做了这样的自我介绍：本人姓厉，厉害的"厉"，严厉的"厉"。并郑重宣布了几条戒律，上课绝对不准交头接耳，不得随便插话，更不得做小动作，否则一经发现，玩具一律没收，概不退换。也许是山里的孩子老实，也许是我的严厉声明起了作用，这一规定果然奏效，学生上课个个精力集中，没有谁敢违反纪律，课堂纪律好得出奇。很快便得到了领导夸奖、家长称赞和同事羡慕，我心里非常得意，对未来充满了梦想和渴望。

就这样愉快地过了两周，不想第三周的一天，事情发生了——那天我正在讲台上兴致勃勃地讲课，忽然发现前排有个男生竟然在我眼皮子底下做小动作，我一边讲着课一边悄悄地走到他身边，他太专心了愣是没发现，被我逮了个正着，原来他正在用小刀刻东西。如此无视课堂纪律，这还了得！我顿时火冒三丈，二话没说，当场没收了他的小刀和一小块石头。虽然这个学生的作文写得非常棒，是我"圈定"的语文尖子生，重点培养对象，但我还是当着全班同学的面狠狠地批评了他一通，一堂课也就在我的"电闪雷鸣"之中过去了。下课后，我把刀

具和他的"作品"拿到办公室，正要扔掉，仔细一看，发现原来这是一枚石刻的奔马印章，那昂扬的马头、陡立的马鬃、高高举起的前蹄、长长甩起的马尾，真是活脱脱的一匹草原奔马图。石头的背面刻着"胡某某，公元1989年11月"几个字。我翻来覆去地把玩着欣赏着，他刻得那么惟妙惟肖、栩栩如生，不禁生出几分喜爱。看来这个学生在雕刻上是狠下了一番功夫的。我越看越爱不释手，将这枚印章小心地放进办公桌的抽屉里。

第二天，他怯生生地到办公室找我要，被我以"不务正业、耽误学习"为由严厉地拒绝了，并要求他以后不许再刻这些东西，他嘟噜着眼泪走了。也许是我的话起了作用，他果然不再刻东西，上课专心致志，学习成绩进步很快。我看在眼里，心里非常高兴。

大约半个学期之后，我无意中了解到，这个学生的父亲是个残疾人，靠刻章子为生。受父亲的影响，他也喜欢刻东西，还经常利用星期天步行到50里外的高泽镇的昆山上帮父亲采集石头。得知这些事我心里隐隐地觉得自己过分了，有几次我曾打算把那枚印章还给他，但也许是师道尊严作怪，也许是自己太看重学生的学习成绩，每次话到嘴边又咽下去了。这枚印章也就一直静静地躺在我的抽屉里。

初中毕业后，这个学生因为写作成绩突出，被一所职业中专录取。两年后他被招聘到青岛一家工厂工作。在他后来给我的几封信中得知，他不但工作出色，并且一直坚持业余写作，先后出版了两本诗集，并创办了一份诗刊。信中他对我引领他走上写作之路充满感激。

面对学生的感激，我却怎么也高兴不起来，特别是近几年随着素质教育的实施，我越来越深刻地认识到，应试教育下的唯分是论、视学生的业余爱好为洪水猛兽的观念以及自己的所谓师道尊严和意气用事是多么的荒唐可笑！其后果又是多么的可怕！我时常想，假如不是我当年武断地没收了他的刀具和作品，不是粗暴地剥夺了他的雕刻爱好，以他的毅力和聪明，说不定中国会多一个出色的雕刻家，即便成不了雕刻家，他也会保留着这个健康的爱好，这个学生的业余生活该有多么丰富多彩，他的人生将有多充实。而这一切，皆因为我的观念的落后，我的主观武断而中断了，是我断送了一个充满朝气和对未来美好向往的生命的追求。这一切，都在促使我反思：作为一名现代教师，对学生健康的业余兴趣，是堵还是导？学生上课做小动作，是简单地呵斥没收，一棍子打死，还是以充满欣赏的眼光正确加以引导？对学生的过错是严厉地狠批一通，还是站在学生的角度多一些宽容和关爱？又该如何真正做到尊重学生？在大力实施素质教育、新课程改革的今天，这些问题是多么需要我们坐下来认真进行思考！

多少年了，这枚奔马印章一直被我保存着，可遗憾的是去年因为搬家的缘故不慎丢失了，我心里难过了很长一段时间。现在虽然这枚印章不在了，但它会永远留在我的脑海里。我想我会在今后的工作实践中，不断反思自己的教育教学行为，积极更新自己的教育观念，真正为学生的终身发展着想，以一颗炽热的爱心关爱每一个学生，以免再犯同样的错误。也许只有这样，才是对我当年粗暴行为的最好的补偿。

一坛皮花生

那年，我六七岁，正值生产队解散前夕。记忆中，每年秋收秋种结束，生产队都要将社员召集到打谷场里，现场集中分配粮油等作物。每逢这时，是我们小孩子最高兴的时候，因为我们可以吃到时令的花生等东西。也许因为生产队即将解散，社员的心情都很不平静。

那时一般按照人口分东西，每年每口人5斤皮花生做油料。对我们家，或者说所有普通家庭来说，这些花生不仅是全家一年的油料，而且也是年关招待客人的美味。那个年代，一粒花生简直就是一顿丰盛的美味大餐。大人是从不舍得吃的。物以稀为贵，每到这个时候，父亲都显得格外高兴，对花生格外珍重。我家7口人，那年共分了35斤皮花生。父亲把花生装在一个黑色的大氨水坛子里。这种坛子口小肚大，乡下人经常用来盛放花生等粮油。我家虽然人口较多，房屋也很破旧，但居住条件还算宽裕。父亲专门腾出一间房子用来盛放杂物。父亲在我们垂涎欲滴的目光中认认真真把花生一粒不剩地全部装进了氨水坛里，末了将坛口用塑料薄膜封严。

父亲生性大样，做事不婆婆妈妈，更不好数鸡抱蛋，按照习惯，父亲一般不去看坛子里的花生怎样。也许是瞅准了父亲的这个特点，也可能是那个时代物资极度匮乏的缘故，我竟忍受不住花生的诱惑，经常趁家人不注意，偷偷溜进那间杂物房里偷花生吃。开坛很容易，小心翼翼地揭开薄膜就好，但坛口很小，要拿出里面的花生就不很容易了。圆形的坛口只能容3个指头攥紧后伸进去。起初，很容易地把花生拿出来。随着花生的减少，3个指头并起来已经远够不着坛里的花生，我灵机一动，将坛子歪倒，再将指头攥紧，结果很顺利地拿到花生。日久天长，花生越来越少，眼看就要到了坛底了，我心里很惶恐，总怕有一天被父母发现，到时肯定会挨一顿数落或者一顿揍。整整一个冬天我都是在忐忑不安中度过的。好在父亲迟迟没有发现，我也总能很顺利地吃到鲜美的花生。

但事情还是暴露了。年关到了，按照习惯和风俗，日子再不济也要炒一盘皮花生待客。那天，父亲让我和他一起到杂物房里拿花生准备过年用。待打开坛子一看，里面已经没有多少花生了。那一刻，我心里怦怦直跳，手脚都在颤抖。我看到父亲愣了愣，疑惑地望了我一眼，我赶紧将目光移开，不敢正视父亲。让我奇怪的是，父亲没有生气，更没有严厉地责备我，只是让我帮忙将坛子里的全部倒出来，一看只剩下一两斤的光景。父亲用篮子盛着那些花生让我提着，父亲在前，我在后，爷俩一前一后走进厨房。母亲正忙着做饭，看到篮子里就那么点花生，母亲显然很诧异，随即弄明白了原因。母亲看着我，高高举起了巴掌，我吓得赶紧躲在父亲身后。父亲叹了口气说："不要怪孩子！"母亲这才将巴掌放下。父亲让母亲将花生全炒了。父亲让我把哥几个叫过来，很高兴地说："孩子们，来，吃花生了。"我不知道父母卖的什么药，疑惑地看看父亲再看看母亲，犹豫再三，终究抵挡不住诱惑，拿起花生大口大口地吃起来。我们很快将花生吃了个精光，我怯生生地注意到，父亲一直笑眯眯的，而母亲则是满脸无奈。看着我们吃完，母亲长叹一口气，说："你们几个小东西可把一年做饭的油都吃掉了。"就在这时，我看见父亲在一旁悄悄地擦了一把泪。

时光如东流水，一晃二三十年过去了。现在，谁家也不缺吃不缺喝，花生更不是什么稀罕东西，我的父亲也早已不在。每当在酒桌上很挑剔地吃着花生的时候，当年偷吃花生的事情和父亲悄悄拭泪的情形总不由得浮现在眼前。是那坛皮花生让我永远记住那个物资匮乏的年代，让我时时记起父亲，是父亲让我懂得了如何宽容地对待别人的过错。

永远的小屋

腊月的一天，我到曾经工作过12年的原杜家沟初中访友。路过青山顶脚下那条羊肠小道时，我禁不住将目光再次投向路旁那片密密匝匝的板栗林，急切地找寻着那间曾经熟悉的小屋，找寻那位曾经给过我温暖的老人，可在逡巡了良久之后，终于失望了——那里除了隐约可见的一段墙基和散乱地堆放着的几块石头之外，小屋早已荡然无存，老人更是不见了踪影。但我仍不由自主地停下车子，默默地走过去，走进那片板栗林。抚摸着身旁那棵高大的缠着一匝草绳的老栗子树，望着脚下这段残垣断壁和底朝天干涸了的那眼山泉，耳听着"沙沙"的栗子树树叶的声响，我的心头突地涌起一股莫名的酸楚和悲凉，物是人非，泪水悄悄地模糊了我的双眼。于是，在这朦胧的泪光中，在这瑟瑟的寒风里，我记忆的闸门一下子打开了，仿佛猛地又回到了16年前，仿佛看到那位驼背的看山老人亲手为我一针一线地缝裤子的情形，仿佛又闻到了那令人垂涎欲滴的浓浓的火烧栗子的香味儿……

　　17年前的那个秋天，大学毕业后，我工作的第一站是五莲最偏远的杜家沟乡初中。那年的秋天雨水似乎分外地多，天时好时坏。报到那天，太阳刚露头，我便推着车子驮着被褥，独自一人往那个陌生的学校走去。也许是捉摸不定的心理作怪，我心里非但没有别人说的那种刚参加工作的激动和兴奋，反而有一股说不出的寂寞和孤独之感悄然涌上心头，如蚯蚓般在胸中弯曲盘旋，不时拱出一阵阵酸意。那时我的心里只想流泪。单位离老家四十多里，必须爬过一条十多里长、坡度五十多度的山间小道。山路崎岖难行，加之离开了朝夕相处了两年的同学好友，独自一人行走，真是备感凄凉、孤独。正默默地推着车子吃力地走着，突然天色大变，早晨还好端端的天竟然下起雨来，不一会儿身上就湿了，紧巴巴地贴在腿上，我赶紧跨上车子快走。不承想，就在上车子的时候，只听"哧啦"一声，"不好！"我赶紧低头一看，糟了，从裤腿到大腿根裂开了一条长长的口子。站在这前不着村后不挨店的山路上，我心里急速地盘算着：回去缝吧，已离开家20多里，再说今天是报到的日子，去迟了学校会着急的；不回去吧，穿裂着的裤子去学校怎么见领导？再说路上让人看见那不笑话死？也许正应了那句老话——"山重水复疑无路，柳暗花明又一村。"正当我焦急时，猛然间看见路旁不远处的板栗林里露出一间小屋，屋顶上还冒出一缕轻烟。"里面肯定有人家！真是天助我也！"我心里一阵窃喜，刚要迈腿过去，但接着我又犹豫了：不认不识的，这怎么好意思？但情形已不容许我再犹豫，于是只好硬着头皮走过去。这是一间用大小不一、颜色也不一样的石块砌成的房子，房顶用厚厚的高秆山草苫着，连扳门子也是用高秆草扎成的。院子也不大，中间是一棵歪脖子楝枣子树，树下放着一个用3块石头垒起的小石桌。院东边是一块小菜园，里面立着五六行碧绿的大葱和两三行青青的菠菜，还有十来棵羊角辣椒，那辣椒有的碧绿，有的红艳艳的，煞是惹人喜爱。不用说，一看就知道这是一处看山房。我在院子里呆呆地站了几秒钟后，鼓起勇气朝屋里喊了几声。很快，草门开了，出来一位六十多岁又瘦又矮小的老人。老人很和蔼地问我："小伙子，有什么事？"我吞吞吐吐地说明来意。老人明白了，笑着说："这有什么不好意思的，来，进来吧。"我跟在老人身后进了屋，下意识地四下里看了一眼，里面陈设很简单，只有一张床、一个水缸、一张小饭桌、一辆破旧的自行车和一些杂物而已。老人从床头的一个小筐子里找出针和线，又亲自给我纫上针递给我。我穿着裤子缝起来。也许是老人看出了我的笨拙，他接过针线，亲手给我缝起来。看着这位素昧平生的老人用那双粗糙的手灵巧地缝着针线，顿时一股暖流涌遍全身。啊，多好的老人！在缝针线的空隙，我了解到老人姓李，是附近村的，自己一个人在这里看山已经20多年了。当得知我是老师时，老人很高兴，说他就愿意和老师打交道，并鼓励我好好教学。起身告别老人，雨还在淅淅沥沥地下着，老人将一块旧塑料薄膜塞给我，让我披着挡挡雨，并一再嘱咐我以后走到这里的时候，只管过来歇歇脚喝口水。走出小屋，我放开脚步，急匆匆往学校赶去，终于按时报了到。后来，在一次教职工会上，校长还为我的准时报到表扬了我，我知道这里面有老人的一份功劳。

从此，我便与老人相识了。此后，每当星期天往学校走，或者星期六下午往家走路过老人门前，只要时间允许，我总习惯地过去坐坐，喝口水、歇歇脚解解乏什么的。时间一长，老人似乎和我有了约定。夏日，每到星期六下午，老人就在院子里的石桌上摆好茶水，等我来喝。那水可是纯正的山泉水。草屋的后边有一眼山泉，泉子不大，直径不足半米，仅容一只水桶放进去；水也不深，刚没过水桶而已。那清冽冽的山泉水喝一口是那么甜，那么爽口，直凉到心窝窝，那感觉实在不亚于什么矿泉水。

与老人相处的那些年里，还有两件事是令我难以忘怀的。一件是老人称呼我总是一口一个老师，从没叫我一回小青年，或小伙子，可见在他心里，教师是多么的神圣和光荣！多么的应当受到他人的尊重！在这物欲横流、人情淡薄的当今，老人的这一举动使我极为感动和长吁不已。另一件是吃火烧栗子。老人负责看护周围方圆三四平方公里、数千棵板栗树，小屋前后有四五棵老栗树是老人自己的。那年中秋前后的一个星期六中午，我再一次到老人家歇脚，远远地闻到一股香喷喷的味儿，原来正赶上老人在屋前烧栗子，那香喷喷的味儿直钻人的鼻孔。不用吃，光闻闻就会让人馋得慌。见老人烧栗子，我赶紧要走，老人一把拽住我，笑着说："来得早不如来得巧。等一会儿就熟了，一起吃火烧栗子，味道特别着呢。"经不住老人的再三恳请和火里钻出的香味儿，我没再坚持，蹲在火旁和老人一起烧起来。老人边烧边告诉我，烧栗子有个小窍门，就是不能心急，要用温火，慢慢地烧。这样烧出来的栗子不糊、味道足，色泽也好看。还有要趁热吃，才更有味道。我们边等边聊，不一会儿，栗子熟了。老人用小棍子从火里掏出一个栗子让我先尝个鲜。我扒去皮，将又黄又香的栗子肉送到嘴里，轻轻一嚼，啊，真是香极了，简直是难得的美味儿，甭提有多受用。老人看着我贪婪的吃相，非常开心，一再劝我多吃几个。我也不再客气，美美地吃了一顿。后来，虽然我在别的地方也吃过几次火烧栗子，但总觉得好像没有在老人家里吃的那次那么香。

冬去春来，就这样，我在老人屋前的那条山道上来来回回走了12年，到底在老人家里歇了多少次脚，喝过多少次水，实在是难以数得清。直到6年前，我从原杜家沟初中调到了城郊另一所学校。此后再也没有到过那座爬了12年的青山顶，再也没有到过山脚下的那座小屋，也再也没有见过那位慷慨善良、忠厚朴实的老人。

离开杜家沟的6年来，不知有多少次，我曾在梦中见到那位老人，有时梦见自己正贪婪地吃着火烧栗子，有时又梦见自己正一碗接一碗地喝着那甘甜的山泉水……每当从梦中醒来的时候，我就想，要是有一天自己再经过那条小路，我一定要到那座小屋去拜访那位老人，再喝一口那甜甜的泉水，尝一尝那喷香的火烧栗子。但当我今天真的再一次走在这条熟悉而又陌生的山道上的时候，当我面对眼前的那段冷冰冰的残垣断壁的时候，当我看着脚下那眼干涸了的山泉的时候，我知道那些曾经的美好和甜蜜都已经成了永恒的记忆，心里顿时生出一种空荡荡的感觉。但此时此刻，我仿佛听到另一种声音在说：小屋，你是我永远的小屋。

梦见天书

很小的时候，我曾梦见过天书，那字就写在墨色的空中。那时我睁大眼睛仰着头惊奇地看，那些字成行成列，计有几十行、几百个字。每个字有斗那么大，并且一闪一闪地，放着道道蓝色的光。那字的笔画曲曲折折，像甲骨文又像是别的字体。那天空很低，似乎一伸手就能摸得着，但当我好奇地跷着脚去摸时，却恁是怎么也够不着。那梦境清清楚楚，就像山涧清澈见底的小河，那字的轮廓清晰可辨，但我却一个字也不认识。醒来的时候，那神秘的天书消失了，我明显感觉到我因此产生的紧张、激动和不安，因为我发现我的心一直在突突地跳。一连几天，我一直把这个梦保存在心里，没有对任何人讲。

终于有一天我忍不住了，把梦境告诉了小伙伴，在他们诧异的目光中我读出他们从没做过这样一个离奇古怪的梦。可我任性地认为，这肯定暗示了什么。过了几天，邻居当教师的大叔知道了我的这个梦，在一个黄昏，他拍拍我的肩头说："老侄子，是个读书的材料，好好念书，你会有出息的。"听了这话我心里陡升出一股庄严感和使命感，越发觉得那天书和我有关。也许就是这个梦，让我对文字、对书产生了一种莫名的崇拜，并且梦想有一天解读那些天书。

那年月家里穷，母亲靠掏鸡屁股供我上了小学。在学校，我比别的同学更喜欢读书。那时兴起读小人儿书，我心血来潮，央告母亲也买一本。母亲被缠得没办法，犹豫再三，终于给了我一个红皮鸡蛋，我跑到村供销社卖了8分钱，然后攥着这8分钱，一个人跑到公社书店买书。这是我第一次到书店买书，记得花了6分钱，买了一本小人儿书《掘墓鞭尸》。余下2分钱我没舍得花放在了口袋里，我摁了好几摁口袋，生怕不小心弄丢了。

回来的路上天下刮起了大风，我一边嗅着书香，一边跑到路旁一块大石头前蹲下来看书。那小人儿书讲的是春秋时期楚平王听信谗言，将大夫伍子胥全家斩尽杀绝，伍子胥历尽艰难逃到吴国，成为吴国重臣，后来他带兵攻破楚国，伍子胥为报杀全家之仇，怒鞭楚平王尸体300下。这本书我一个字一个图画也没落下，一看就是大半天，直到日落天冷，我才揣着书回到家。印象中那个读书的下午似乎太阳格外亮，天空也格外高远。怀着对读书的热爱和崇拜，我以较好的成绩读完了小学。

升入初中后，我更加爱读书。学校没有图书室，家里买不起书，幸亏我的同桌的父亲是老师，家里有很多书，她经常拿到学校，我近水楼台先得月，借光读了不少的课外书。《格林童话》《安徒生童话》《基督山伯爵》等都是在那个时候读的。书给了我一个神秘的世界。就在初三毕业前夕，一天夜里，我又一次梦见了天书。梦中的情景和小时候的那个梦一模一样。它让我再次感到诧异、激动和几分惊喜，也让我更加亲近书本、亲近文字，甚至产生了做一个文字人的想法。

带着这种神秘和神圣，我升入了高中。虽然功课紧了，但我一刻也没有放弃爱读书的习惯，更没有忘掉那个天书梦。在这里，我几乎读遍了阅览室所有文学书籍，并有幸认识了李存葆、陈显荣等作家。那时有个叫邱玉环的女同学，她的一篇征文在华东六省一市的征文比赛中获奖了，这在我心里引起了不小的震动，暗地里产生了也要写的念头，并且开始试笔。

师专两年，我接触了几个爱好文学的同学和老师，从他们身上我得到了鼓舞，更加拼命地读书、写作，通读了中国现代文学史上著名作家的作品和文艺理论著作，写下了几百万字的读书笔记和习作。

参加工作后，我的绝大部分业余时间都用在读书读报和写作上，并且陆续发表了一些文学作品。也许是受天书梦的影响，几年前心里悄然产生了要出一本书的念头，可惜始终未果。

几十年来，我虽然只做过两次天书梦，但那部天书和邻居大叔的那番话一刻也没停止地萦绕在我的脑海里，仿佛在启迪着我、暗示着我、鼓励着我。也许有一天我会解开这天书之谜，也许我也会出一本书，也许这些愿望根本就不能实现，但这辈子注定了要与书、与文字相依相伴了。